좋으실 대로

한국셰익스피어학회 작품총서 017

좋으실 대로 As You Like It

윌리엄 셰익스피어 지음

조광순 옮김

도서출판 동인

지금까지 셰익스피어 작품에 대한 번역은 끊임없이 다양한 동기에 의해
진행되어 왔다. 초창기 셰익스피어 작품 번역은 일본어 번역을 우리말로 옮기
는 작업이었다. 일본이 서구에 대한 수용을 활발한 번역을 통해서 시도하였기
때문에 일본어를 공부한 한국 학자들이 번역을 하는데 용이했던 까닭이었다.
하지만 이 경우는 문학적인 차원에서 서구 문학의 상징적 존재인 셰익스피어
를 문학적으로 소개하는 것이 목적이어서 문어체를 바탕으로 문장의 내포된
의미를 부연하게 되어 매우 복잡하고 부자연스러운 번역이 주조를 이루었던
것이 문제가 되었다.

　그 다음 세대로서 영어에 능숙한 학자들이나 번역가들이 셰익스피어 번
역에 참여하게 되었다. 셰익스피어 작품에 대한 수많은 주(note)를 참조하여
문학적 이해와 해석을 곁들인 번역은 작품의 깊이를 파악하는데 많은 도움이
되었다고 볼 수 있다. 하지만 셰익스피어 작품을 무대에 올리는 배우들에게는
또 다른 문제가 생길 수밖에 없었다. 문학적 해석을 번역에 수용하는 문장은
구어체적인 생동감을 느낄 수 없었고, 호흡이 너무 길어 배우가 대사로 처리
하기에 부적합하였다.

이런 문제점을 해결하기 위해서 번역가마다 각자 특별한 효과를 내도록 원서에서 느낄 수 있는 운율적 실험을 실시하기도 하였다. 그런 시도는 셰익스피어 번역에 새로운 분위기를 자아내었을 뿐 아니라 다양한 번역이 이루어져 나름의 의미가 있었다고 본다. 반면에 우리말을 영어식의 운율에 맞추는 식의 인위적 효과를 위해서 실험하는 것은 배우들이 대사 처리하기에 또 다른 부자연성을 느끼게 하였다.

한국에서 셰익스피어를 연구하는 학자들이 모이는 한국셰익스피어학회에서 셰익스피어 탄생 450주년을 기념하여 셰익스피어 전작에 대한 새로운 번역을 시도하기로 하였다. 우선 이번 번역은 셰익스피어 원서를 수준 높게 이해하는 학자들이 배우들의 무대 언어에 알맞은 번역을 한다는 점에서 차별성을 두고자 한다. 또한 신세대 학자들이 대거 참여하여 우리말을 현대적 감각에 맞게 구사하여 번역을 하자는 원칙을 정하였다.

시대가 바뀔 때마다 독자들의 언어가 달라지고 이에 부응하는 번역이 나와야 한다고 본다. 무대 위의 배우들과 현대 독자들의 언어감각에 맞는 번역이란 두 마리 토끼를 잡는 것은 그리 쉬운 일은 아니지만 매우 의미 있는 일일 것이다. 이번 한국 셰익스피어 학회가 공인하는 셰익스피어 전작 번역이 성공적으로 이루어지도록 뒷받침하는 도서출판 동인의 이성모 사장에게 심심한 감사의 뜻을 전하며 인문학의 부재의 시대에 새로운 인문학의 부활을 이루어내는 계기가 되리라 믿는다.

2014년 3월
한국셰익스피어학회 17대 회장 박정근

옮긴이의 글

『좋으실 대로』는 셰익스피어의 희극 중 대표적인 작품이다. 『좋으실 대로』가 꾸준히 연구되어 오고 공연되어 왔다는 사실은 이 작품이 갖는 위치를 대변하여 준다. 셰익스피어는 등장인물들의 결혼과 사랑을 통해서 낙관주의적 세계관을 보여 주고 있다. 제이키즈의 인생 7막에 대한 대사는 셰익스피어 작품 중에서 가장 많이 인용되는 구절 중의 하나다. 『좋으실 대로』에서 주인공들은 언어적 기지를 유감없이 발휘하고 있어서 이를 근접하게 번역하는 것은 쉬운 일이 아니다. 주인공들이 사용하는 언어유희, 재치 있는 비유 등은 번역 보다는 해설이 필요한 부분이다. 본 번역에서는 셰익스피어의 언어적 재치를 담아내려고 노력하였고 이런 점이 본 번역의 의의라고 생각한다.

1623년도에 출판된 제일이절판은 『좋으실 대로』의 유일한 출전이다. 후대의 모든 판본은 이 제일이절판에 근거하고 있다. 제일이절판에 들어 있는 『좋으실 대로』는 믿을만한 본문이다. 수정한 흔적을 볼 수 없을 정도로 본문이 깔끔하게 제시되어 있다. 역자는 본 번역본의 바탕본문으로서 제일이절판을 채택하였다. 본 번역은 『좋으실 대로』의 문학적인 측면뿐만 아니라 연극적인 측면을 고려하였다. 지문과 무대설명을 번역할 때 제일이절판뿐만 아니라 다

른 판본도 사용하였다. 지문 표기 시 홀스테(Holste)의 현대어 번역본을 참고
하였다. 본 번역본에서 참고한 참고문헌은 다음과 같다.

오비드『변신이야기』. 이윤기 역. 2권. 서울: 민음사, 1998.

Arden^2 *As You Like It*, ed. Agnes Latham, Arden Shakespeare (Methuen, 1975)

Arden^3 *As You Like It*, ed. Juliet Dusinberre, Arden Shakespeare (Methuen, 2006)

Cambridge^2 *As You Like It*, ed. Michael Hattaway, New Cambridge Shakespeare (Cambridge, 2000)

Furness *As You Like It*, ed. Horace Howard Furness, A New Variorum Edition of Shakespeare (Philadelphia, 1890)

Gayle Holste, *As You Like It*, Shakespeare Made Easy (Barron's, 2009)

Riv^2 *The Riverside Shakespeare*, ed. G. Blakemore Evans, 2nd edition (Boston, 1997)

역자가『좋으실 대로』를 번역하면서 제일 중요하게 생각한 것은 원문에
대한 충실성이다.『좋으실 대로』의 권위 있는 본문이 하나이기 때문에 본문
이 두 가지 있는 경우처럼 심각한 문제는 없다. 다만 특정한 단어나 구절은
판본에 따라 다른 경우가 있다. 이럴 경우 해당 문맥에 가장 잘 상응하는 표
현을 채택하였다.

원전에 대한 충실성 못지않게 중요한 것이 가독도이다. 원전에 충실하다
보면 가독도가 떨어지는 경우가 있다.『좋으실 대로』의 의미를 독자에게 잘
전달하기 위하여 위에서 제시한 다양한 판본과 비평을 참고하였다. 독자가 쉽
게 읽을 수 있는 번역을 제공하기 위하여 원문의 약강5보격의 무운으로 이루

어진 운문을 산문으로 번역하였다. 무운시를 우리말의 4.4조로 번역할 수도 있겠으나 이럴 경우 독자가 원문의 뜻을 이해하기 어려운 경우가 많아서 우리말의 정형시율격을 포기하고 의미 전달에 주안점을 두었다. 그러나 원문에 존재하는 산문과 운문의 차이를 분명하게 표시하였다. 원문이 운문인 경우 운문의 행수와 같은 행수로 번역하였으나 원문이 산문인 경우는 행수가 의미가 없으므로 행수를 지키지 않았다.

셰익스피어 번역의 또 하나의 난제는 소위 말하는 언어유희이다. 한 단어가 두 가지의 유사한 발음을 가지고 있는 경우 또는 한 단어에 두 가지 의미가 있는 경우를 pun이라 한다. 『좋으실 대로』에는 번역이 불가능한 pun이 다른 작품에 비하여 많이 나온다. 셰익스피어 작품의 묘미는 이러한 의미의 다중성인데 이를 번역할 경우 두 가지 의미를 살릴 수가 없기 때문에 제일 중요한 의미만을 번역할 수밖에 없었다. 두 번째 의미가 본문을 이해하는데 중요하다고 판단 될 때 이를 각주에서 자세하게 설명하였다. 예를 들어 reason(이성)과 raison(건포도)는 서로 발음이 유사한 pun이다.

고유명사를 어떻게 번역하는가도 셰익스피어 번역의 중요한 과제다. 본 번역에서는 셰익스피어 전작 번역 가이드라인대로 셰익스피어 학회에서 발간한 『셰익스피어 연극사전』(동인, 2005)에 있는 표기를 따랐다.

역자가 기울인 노력에도 불구하고 부족한 점이 있을 것으로 생각한다. 본 번역에서의 오류는 역자의 책임이고 나중에 기회가 있을 경우 이를 수정본을 출판하기를 희망한다.

2015년 8월

조광순

| 차례 |

등장인물

로잘린드	전임 공작의 딸
실리아	프레데릭 공작의 딸
전임공작(퍼디난드)	추방 중
프레데릭 공작	형인 전임 공작을 몰아낸 동생
올란도	롤랑 드 보이 경의 막내아들
올리버	올란도의 형
애덤	롤랑 드 보이 경의 집안의 하인
데니스	올리버의 하인
찰스	프레데릭 공작의 레슬링 선수
르보	대신
터치스톤	광대
에이미언즈	전임 공작을 따르는 귀족
제이키즈	우울한 신사
코린, 실비어스	양치기
피비	양치기 소녀
오드리	시골 소녀
올리버 마텍스트 경	시골 교회 신부
윌리엄	시골 청년
하이멘	결혼의 신
제이키즈 드 보이	롤랑 드 보이 경의 둘째 아들
귀족들	프레데릭의 신하들
귀족들	전임 공작의 친구들
산림관리원	
두 시종	전임 공작의 시종

1막

1장

올리버 집의 정원

올란도와 애덤이 등장한다.

올란도 [깊은 좌절을 느끼며] 애덤, 내가 기억하기로는 아버지께서 유언으로
나에게 겨우 천 크라운을 물려주신 이유는 당신도 말했듯이 큰
형에게 나를 돌보아 주라고 했기 때문이잖아요. 바로 거기서부터
나의 슬픔이 시작이 됐어요. 큰 형은 둘째 형 제이키즈의 학비를
대주고 이 형은 우수한 성적을 거두고 있어요. 형은 나를 시골에
살게 하고 좀 더 정확하게 이야기하자면 나를 내버려 두고 있어
요. 신사로 태어난 나를 소를 잡아 두듯이 잡아 두는 것을 어찌
양육이라고 할 수 있어요? 말들이 잘 먹어서 얼굴이 건강한 것을
보면 형은 말을 더 잘 돌보아 주고 있어요. 말을 길들이려고 조련
사를 비싸게 고용했어요. 하지만 형의 동생인 나는 형 밑에서 아
무것도 얻는 것 없이, 가축들이 똥을 싸고 크듯이 크는 것 외에
빚진 게 없어요. 형이 이렇게 아무것도 주지 않았을 뿐만 아니라
타고난 나의 재능을 무시하여 빼앗아 버렸어요. 나로 하여금 하
인들과 같이 먹게 하고 동생의 위치를 인정하지 않는 바람에, 교
육을 받지 못하고 양반도 되지 못했잖아요. 이것 때문에 슬퍼요.
내 안에 있는 아버지의 정신이 있기 때문에 이런 노예상태에 반

대해요. 더 이상 이를 참지 않을 거예요. 어떻게 이를 할지 현명
한 방법을 알지 못하지만.

올리버가 등장한다.

애덤 저기 저의 주인님이자 당신의 형님이 오십니다.

올란도 애덤, 잠깐 비켜주세요. 형이 얼마나 나를 괴롭히는지 알게 될 거   20
예요.

올리버 [적의를 가지고] 신사양반, 여기서 뭐 하고 계시나?

올란도 [조소적으로] 아무것도 안 해요. 무엇을 하는 법을 배우지 못했으니
까요.

올리버 신사양반이 무엇 때문에 망가졌을까?   25

올란도 그래요. 형님은 나를 빈둥빈둥 지내게 함으로써 하나님이 창조하
신 불쌍하고 무가치한 동생을 망가뜨리고 있습니다.

올리버 그렇군요, 신사양반. 좋은 데서 일하시구려. 지옥에나 가라!

올란도 [대단히 조소적으로] 내가 돼지를 치고 돼지와 함께 껍질을 먹을까
요? 내가 무슨 재산을 낭비했기에 이렇게까지 궁색하게 살아야   30
합니까?

올리버 당신이 어디에 있는 지 아시오, 신사양반?

올란도 [일부러 올리버의 말을 이해 못한 것처럼 하면서 그의 말을 문자 그대로 해석한다]
물론이죠, 형님, 형님의 정원에 있습니다.

올리버 신사양반, 지금 당신 앞에 누가 있는지 아시오?

올란도 예, 제 앞에 서 계신 분보다 더 잘 알지요. 제가 형님이 장자인 것   35
을 알듯이 형님도 제가 동생인 것을 아셔야 합니다. 장자법에 의

해서 형님이 저보다 서열이 높지만 그렇다고 제가 신분이 낮아지
는 것은 아닙니다. 비록 20명의 형제가 형님과 제 사이에 있다고
하더라도 말입니다. 저도 형님처럼 아버지의 혈통을 물려받았어
요. 형님이 장자라서 아버지의 지위¹를 물려받아야 한다는 것을
인정합니다만.

올리버 뭐라고, 햇병아리야! [올리버가 올란도의 뺨을 때린다.]

올란도 [올리버의 멱살을 잡으며] 덤벼, 덤벼, 네가 형이냐. 아직 애송이 씨름
꾼아!

올리버 [빠져 나오려고 애쓰며] 네가 나를 때릴 셈이냐, 악당아?

올란도 나는 악당이 아니라 롤랑 드 보이경의 막내아들이야. 내 아버지
가 소작농을 낳았다고 말하면 그는 3중으로 소작농²이 되는 거야.
네가 내 형이 아니라면 그렇게 말한 것에 대해서 혀를 뽑았을 거
야. 너는 자신에게 욕을 한 거야.

애덤 [싸움을 말리기 위하여 앞으로 가면서] 사랑스러운 주인님들, 참으세요.
아버지를 생각해서라도 화해하세요.

올리버 이거 놓으라고 했다.

올란도 내가 원할 때까지 안 놓겠어. 형, 내 말 들어. 아버지가 유언장에
서 나를 교육시키라고 말하셨잖아. 형은 내 안의 양반다운 성품

---

1. 지위라는 단어에는 배설물이라는 뜻도 있다.
2. 올리버의 악당이라는 단어를 올란도는 소작농이라는 뜻으로 사용하고 있다. 올란도
는 올리버가 3중의 악당이 된다고 말한다. 첫째, 올란도가 소작농이면 올리버도 소
작농이다. 둘째, 아버지가 소작농을 낳았다고 함으로써 올리버는 아버지를 모욕하게
된다. 셋째, 엘리자베스 시대에는 서자가 소작농이었기 때문에 올리버는 스스로를
서자라고 인정하게 된다.

을 무시하고 감추면서 나를 노예처럼 훈련시켰어. 아버지의 정신 ⁵⁵이 내 안에서 강하게 자라기 때문에 내가 더 이상 이 꼴을 참을 수 없다구! 그러니 내가 양반되는 데 필요한 훈련을 받도록 해줘. 아니면 아버지가 유언으로 나에게 허락하신 유산을 달란 말이야. 그 돈을 가지고 내가 행운을 찾겠어. [그가 올리버를 놓아준다.]

올리버 [비웃으며] 너 뭐 할 건데? 돈이 떨어지면 구걸할거야? 나으리, 안 ⁶⁰으로 들어가시죠. 너 때문에 오래 동안 골머리를 썩고 싶지 않아. 유산의 일부를 줄 테니 꺼져 버려.

올란도 나도 원해서 형을 화내게 하는 것이 아니야.

올리버 [애덤에게 차갑게 말한다] 늙은 개야, 제 하고 같이 가.

애덤 [화가 나서] 늙은 개라고 불리는 것이 내가 받아야 할 보상인가요? ⁶⁵사실이죠, 당신을 섬기느라 이가 다 빠졌으니까요. 늙으신 주인을 축복하소서. 그였다면 이런 말을 하지 않았을 텐데.

올란도와 애덤이 퇴장한다.

올리버 [나간 올란도를 향해] 바로 그거니? 나한테 도전하는 거니? 너의 버릇 장머리를 고쳐주마. 하지만 천 크라운을 주지는 않을 거다. 데니스!

데니스가 등장한다.

데니스 주인님 부르셨습니까? ⁷⁰
올리버 공작님의 씨름꾼인 찰스가 나와 이야기 하겠다고 오지 않았니?
데니스 그렇습니다. 지금 현관에 있습니다. 주인님을 만나게 해 달라고 간청하고 있습니다.

올리버 안으로 들어오라고 해.　　　　　　　　　데니스가 퇴장한다.

75　　　　좋은 방법이 있어. 내일 씨름시합이 있지.

찰스가 등장한다.

찰스 안녕하십니까.

올리버 찰스 씨, 새 궁정에는 어떤 소식이 있습니까?

찰스 궁정에는 오래된 소식 외에 새 소식이 없습니다. 전 공작님이 새
　　　　공작인 동생에게 쫓겨나셨고 서너 명의 충성스런 신하들이 자원
80　　　해서 추방을 당했으며 전 공작님의 땅과 수입으로 새 공작님이
　　　　부자가 되셨습니다. 이런 이유로 새 공작님은 전 공작님 일행에
　　　　게 떠나도록 허락했습니다.

올리버 공작님³의 딸인 로잘린드도 아버지와 함께 추방당했나?

찰스 아닙니다. 그녀의 사촌 실리아가 공작님의 딸⁴을 너무나 좋아해
85　　　서 요람에서부터 같이 자란 나머지 그녀와 함께 추방당하기를 원
　　　　했고 만약 혼자 뒤에 남게 된다면 죽겠다고 했습니다. 로잘린드
　　　　는 궁중에 있고 삼촌 프레데릭 공작으로부터 같은 사랑을 받고
　　　　있습니다. 이 두 아가씨들처럼 서로를 사랑하는 사람은 없습니다.

올리버 전 공작님은 어디에 사시나?

90　**찰스** 사람들 말로는 행복한 사람들과 함께 아든 숲에 도착해서 영국의
　　　　로빈 훗처럼 살고 있다고 합니다. 젊은이들이 매일 공작님께 몰

---

3. 전 공작을 말함.
4. 로잘린드를 지칭함

려들어서 마치 황금시대에 살고 있는 것처럼 시간을 보낸다고 합니다.

올리버 그런데 새 공작님 앞에서 내일 씨름을 하는가?

찰스 네. 그렇습니다. 한 가지 알려드릴 일이 있어서 왔습니다. 경의 동생 올란도가 변장을 한 채 저와 한판승을 거두길 원한다고 들었습니다. 내일 명예를 지키기 위하여 씨름을 하겠습니다. 팔 다리가 부러지지 않은 채 도망가는 사람은 훌륭한 씨름꾼입니다. 경의 동생은 아직 어리고 약하죠. 경을 생각하면 그를 넘어뜨리는 것이 싫지만 도전을 해온다면 저의 명예를 위하여 넘어뜨리겠습니다. 경을 사랑하는 나머지 이를 알려 드리려고 왔으니 그를 말리거나 그가 당하게 될 수치를 견디게 하거나 둘 중의 하나입니다. 이는 동생분이 원하는 것이지 제가 원하는 것이 아닙니다.

올리버 [거짓된 진실함으로] 찰스, 나에 대한 사랑에 대하여 감사하고 이에 대하여 넉넉하게 보답을 하겠네. 나도 여기서 내 동생의 의도를 간파하고 있고 비밀스럽게 이를 포기하라고 노력하였네만 이 녀석이 확고하네. 찰스, 내가 이야기하지만 이 녀석은 프랑스에서 제일 무모하며 야망으로 뭉쳐있고, 다른 사람의 좋은 점을 헐뜯고, 자신과 같은 핏줄인 형인 나에게 대해서 음모를 꾸미고 있다네. 그러나 자네 생각대로 하게. 이 녀석의 손가락보다는 차라리 목을 분질러 놓게나. 다음을 조심하게나. 자네가 이 녀석의 콧대를 꺾어 놓지 않거나, 이 녀석이 자네에게서 승리의 영광을 얻지 못하면, 자네를 독살하거나 속임수로 올무에 빠뜨리거나, 비밀스런 방법으로 자네를 죽이기까지, 자네를 그냥 놔두지 않을 걸세.

내가 확신하건대 (눈물로 호소하건대) 살아 있는 사람 중에서 이

녀석만큼 약한 풋내기가 없네. 내가 형으로서 이야기하네만, 이

녀석의 실상을 해부해야만 한다면 수치스러워 눈물을 흘리게 되

고, 자네는 창백해져서 의아하게 생각할 걸세.

찰스 여기 오게 되어 대단히 기쁩니다. 그가 내일 온다면 본때를 보여

주겠습니다. 그가 부상당하지 않는다면 다시는 상금을 바라고 씨

름을 하지 않겠습니다. 잘 계십시오.

올리버 잘 가게, 찰스. [찰스가 고개를 저으며 퇴장한다.] [올란도에게 말하듯이] 내

가 이 선수를 설득해야지. 이 녀석을 끝장내줄 거야. 그 이유를

모르지만 내 마음으로 이 녀석보다 더 싫어하는 사람이 없어. 그

러나 이 녀석은 양반 혈통을 가지고, 교육을 받지 못했지만 신사

적이고, 모든 종류의 사람들이 최면에 걸린 듯 그를 사랑하고, 세

상 사람들, 특히 이 녀석을 잘 아는 사람들의 마음을 사고 있고,

나는 무시 받고 있어. 그러나 여기서 이를 끝내야지. 이 씨름꾼이

모든 것을 해결할 거야. 내가 이 녀석을 꼬드겨서 시합에 참가하

게 하는 것만 남았고 이를 해야지.

퇴장한다.

2장

공작의 궁정 앞에 있는 잔디밭

로잘린드와 실리아가 등장한다.

실리아 [설득하는 투로] 사랑스런 언니, 로잘린드, 행복해봐.

로잘린드 사랑하는 실리아, 실제보다 더 행복하게 보이려고 노력하고 있어.

실리아 그것보다 더 행복해야 돼.

로잘린드 [한숨 쉬면서] 추방당한 아버지를 잊는 법을 가르쳐주지 않으면
서 다른 행복을 기억하라고 하지 마.   5

실리아 [가볍게 탓하며] 내가 언니를 사랑하는 만큼 언니는 나를 사랑하지
않아. 나의 삼촌, 언니의 추방당한 아버지가 언니의 삼촌, 나의
아버지를 추방했다 하더라도 언니가 나와 함께 있다면 그 사랑
때문에 언니의 아버지를 나의 아버지로 여겼을 거야. 언니의 나
에 대한 사랑이 나의 언니에 대한 사랑만큼 늘어난다면 언니도   10
나처럼 행동할 거야.

로잘린드 [억지로 미소를 지으며] 내 형편은 잊고 너 때문에 기뻐할게.

실리아 내가 아버지의 외동딸이고 다른 자식이 없다는 것을 언니도 알잖
아. 아버지가 돌아가시면 아버지가 강제로 언니의 아버지에게서
빼앗은 것을 다시 언니에게 돌려줄 테니까 언니가 아버지의 상속   15
녀가 될 거야. 그러니 달콤한 장미 나의 사랑스런 장미 기뻐해봐.

로잘린드 지금부터 그렇게 할게. 동생아, 놀이를 생각해 낼게. 그렇지.

연애가 어떨까?

실리아 그렇게 해봐. 그런데 남자를 진짜 사랑하는 게 아니라 단지 장난
으로 사랑해야 돼. 그래야 나중에 얼굴을 붉히면서 안전하게 빠
져나오고 정절을 지킬 수 있어.

로잘린드 그러면 무엇을 해야 즐거울까?

실리아 우리 앉아서 운수 부인을 흉보아서 수레바퀴를 그만 돌리게 하
자. 그러면 여신의 선물이 공평하게 주어질 거야.

로잘린드 그렇게 할 수 있으면 좋겠네. 이 여신이 선물을 엉뚱한 사람한
테 준단 말이야. 이 헤픈 눈먼 여신의 가장 큰 실수는 여자들한테
엉망으로 선물을 준다는 거야.

실리아 언니 말이 맞아. 여신이 아름답게 만든 여자들은 거의 정숙하지
않고 정숙하게 만든 여자들은 못생겼어.

로잘린드 [고개를 저으면서 웃으며] 아니, 너는 지금 운수의 신에서 조물주로
화제를 바꾸고 있어. 운수는 타고난 얼굴이 아닌 세상의 물질을
관장해.

터치스톤이 등장한다.

실리아 그래? 아름답게 태어난 여자라도 운수의 신 때문에 지옥 불에 가
기도 하잖아? 우리가 타고난 기지로 운수의 신을 조롱했지만 이
운수의 신이 이야기를 중지시키려고 이 광대를 보냈어.

로잘린드 맞아. 운수가 타고난 바보를 보내 타고난 기지를 가진 두 여인
의 기지 자랑을 중단시키는 것을 보면, 운수가 조물주를 함부로
다루고 있어.

실리아 아마도 이일은 운수의 신이 한 일이 아니고 조물주가 한 일이야. 우리가 우둔한 지혜로 신들에 대하여 이야기 할 수 없다는 것을 40 알고 이 바보를 보내 우리를 지혜롭게 만들려고 하는 거야. 바보의 멍청함 때문에 기지가 돋보이잖아. [터치스톤에게] 안녕하세요, 똑똑 씨, 어디로 가시나요?

터치스톤 아가씨, 아버지한테로 가야 합니다.

실리아 언제 체포경찰이 됐어요? 45

터치스톤 명예를 걸고 맹세컨대 체포경찰이 아니라 아가씨를 모시고 오라는 명령을 받았습니다.

로잘린드 맹세하는 법을 어디서 배웠어요, 광대 씨?

터치스톤 명예를 걸고 맹세하건대 팬케이크가 맛있었고, 명예를 걸고 맹세컨대 겨자가 별로였다라고 말한 기사에게서 배웠습니다. 맹세 50 컨대 팬케이크는 별로였고 겨자는 좋았습니다. 그렇다고 그 기사가 거짓말한 건 아닙니다.

실리아 그것을 당신이 알고 있는 많은 지식을 동원하여 어떻게 증명하죠?

로잘린드 그래요, 당신의 지혜를 보여 주세요.

터치스톤 두 분 다 앞으로 오세요. 턱을 쓰다듬고 턱수염에 걸고 저를 55 악당이라고 부르세요.

실리아 [턱을 쓰다듬고 낄낄거리고 웃으며] 우리가 턱수염이 있다면, 턱수염에 걸고 맹세하는데 당신은 악당이야.

터치스톤 내가 사악한 점이 있다면 이 때문에 나는 악당이 될 겁니다. 그러나 존재하지 않는 것에 두고 맹세하면 거짓 맹세한 것이 아 60 닙니다. 그 기사는 더 이상 명예를 걸고 맹세한 것이 아닙니다.

왜냐하면 명예가 없으니까요. 아니면 그가 명예를 가지고 있다면 그가 팬케이크와 겨자를 보기 전에 맹세한 것입니다.

실리아 [궁금해 하며] 당신이 말하고 있는 사람이 누구죠?

65 **터치스톤** [로잘린드에게] 당신의 아버지, 전 퍼디난드 공작님이 사랑하는 분이죠.

로잘린드 아버지는 그를 명예롭게 할 정도로 사랑하신 거야. 이 이야기는 그만해. 더 이상 그에 대해 이야기하지 마. 당신은 험담 죄로 채찍질 당할 거야.

70 **터치스톤** 광대들이 현자들의 어리석음에 대해서 이야기함으로써 자신들의 현명함을 보여줄 수 없는 것이 더 안타깝군요.

실리아 [후회하듯이 한숨을 쉬며] 진짜로 당신은 사실을 말하네. 광대가 침묵을 지키니 현자들의 어리석음이 더 두드러지네.

르보가 등장한다.

르보 씨가 오네.

75 **로잘린드** 입에 소식을 담은 채로.

실리아 비둘기 새끼들을 먹이듯이 그것을 우리에게 강제로 먹일 거야.

로잘린드 그러면 우리는 소식으로 채워지겠네.

실리아 [농담조로] 더 좋지. 우리는 더 잘 팔릴 거야.⁵ 르보 씨 안녕. 무슨 소식이에요?

80 **르보** 아름다운 공주님, 볼거리를 놓치셨네요?

---

5. 살찐 새가 잘 팔렸다.

실리아 어떤 볼거리요? 어떤 종류의?

르보 어떤 색깔[6]이요, 공주님? 무슨 말씀하시는 거예요?

로잘린드 지혜와 운수가 원하는 대로.

터치스톤 숙명이 지시하는 대로.

실리아 잘 말했어. 저 사람 말투를 과장해서 표현했어.   85

터치스톤 아닙니다. 제가 광대의 신분을 유지하지 못했습니다.

로잘린드 방구[7]를 끼겠네.

르보 공주님들의 말재간 때문에 머리가 어지럽네요. 두 분께서 참석을
     하지 못한 레슬링 경기에 대하여 말씀드리려고 합니다.

로잘린드 어떻게 경기가 진행됐는지 말해주세요.   90

르보 두 분 공주님께 시작을 말씀드리겠습니다만, 원하시면 경기를 보
     실 수 있습니다. 아직 끝나지 않았습니다. 바로 두 분이 계신 여
     기에서 경기를 할 겁니다.[8]

실리아 지나가 버린 시작에 대해서 이야기 해주세요.

르보 [위엄스럽게 끼어드는 것을 무시하면서] 저기 노인과 세 아들이 옵니다.   95

실리아 시작이 동화 같네요.

르보 훌륭하고도 멋지게 자란 세 젊은이를 소개합니다.

---

6. 이 행과 전행에서 실리아와 르보는 의사소통의 어려움을 느낀다. 이 어려움은 영어
   단어 color가 두 가지 의미를 가지고 있기 때문에 발생한다. 실리아는 color를 "종
   류"의 뜻으로 사용하고 있는데 르보는 이를 "색깔"로 이해한다.
7. 터치스톤이 "자신의 신분인 광대에 어울리지 않게 젊잖게 이야기 했다"는 내용을
   로잘린드는 "방구를 참지 못하다"의 뜻으로 받아들인다. 원문의 rank는 "신분"과
   "냄새"의 두 가지 의미를 가지고 있다.
8. 지금까지 배우이던 실리아와 로잘린드가 무대 관중이 된다.

로잘린드 "모든 사람에게 알리노라"는 유언장을 목에 건 젊은이들을.

르보 [일관성 있게] 이 중에서 맏형이 공작 휘하의 레슬링선수인 찰스와 시합을 했습니다만 찰스가 단번에 그의 갈빗대 세 개를 부러뜨렸고 그는 살 가망이 없습니다. 찰스는 둘째와 셋째 아들과도 싸웠습니다. 저기 아들들이 누워있고, 불쌍한 노인인 아버지가 그들에 대하여 슬퍼하고 모든 관객들도 아버지와 함께 울고 있습니다.

로잘린드 슬퍼라!

터치스톤 그런데 숙녀들이 무슨 볼거리를 놓친 겁니까?

르보 바로 이것이 내가 이야기 하려던 것입니다.

터치스톤 사람은 이래서 매일 깨닫는다니까. 여자들이 갈빗대를 부러뜨리는 것을 보고 즐거워한다는 것을 처음 알았네.

실리아 나도 처음이에요.

로잘린드 갈비대가 부러져 나는 음악을 좋아하는 사람이 있나요? 갈비대가 부러지기를 고대하는 사람이 있나요? 실리아야, 우리 이 경기 구경할까?

르보 여기에 있으면 경기를 보게 될 겁니다. 이곳에서 경기가 벌어지고 선수들이 경기할 준비가 됐습니다.   [팡파르가 울린다.]

실리아 저기 사람들이 오네. 여기 남아서 보자구.

프레데릭 공작, 대신들, 올란도, 찰스, 시종들이 등장한다.

프레데릭 공작 시작할까. 이 젊은이가 말을 들으려고 하지 않고 무모함으로 위험을 자초했어.

로잘린드 [올란도의 모습에 감동을 받아서] 저기 있는 사람이 그 젊은이예요?

르보 맞습니다, 공주님.

실리아 어머나. 너무 젊잖아. 그런데 이길 것 같은데.   120

프레데릭 공작 안녕, 우리 딸과 조카. 레슬링 경기를 보기 위해 몰래 들
어왔니?

로잘린드 예 공작님. 그러니 저희들에게 허가를 내려 주세요.

프레데릭 공작 내가 보건대 너희들이 별로 좋아하지 않을 거야. 저 친구⁹
에게 승산이 있어. 도전자가 너무 어려서 말리고 싶지만 말을 듣   125
지 않아. 저 친구에게 말해봐, 얘들아. 너희들이 그를 설득할 수
있는가 보자.

실리아 저 사람을 이리로 오라고 하세요, 르보 씨.

프레데릭 공작 그렇게 해라. 내가 자리를 비켜주마.

르보 [올란도를 부르며] 도전자 양반, 공주님들이 부르시네.   130

올란도 정중하게 공주님들의 말을 듣겠습니다.

> [실리아와 로잘린드에게 걸어가서 절한다.]

로잘린드 젊은이, 당신이 레슬링선수 찰스에게 도전했나요?

올란도 아니요 공주님. 그가 모든 사람들한테 도전하고 있습니다. 저는
다른 사람들처럼 제 젊은 힘을 시험해보고자 왔습니다.

실리아 젊은 신사분. 당신은 나이에 비해 기백이 넘쳐요. 이 사람의 힘이   135
얼마나 무서운지 알잖아요. 당신의 두 눈으로 자신을 보거나, 판
단으로 당신을 알고 있다면, 이 도전의 위험함을 깨닫고, 상대할
만한 사람과 경기할 겁니다. 우리는 당신이 자신의 안전을 생각
해서 이 시도를 포기하기를 원해요.

---

9. 찰스를 의미함

로잘린드 그렇게 해요, 젊은 분. 당신의 명성이 깎이지 않아요. 공작님에
게 이야기해서 경기를 취소하겠어요.

올란도 제가 아름답고 훌륭하신 두 분의 제안을 거절하는 것이 마음에
꺼림직 하지만, 제발 저를 너무 나쁜 사람으로 생각하지 말아주
십시오. 대신에 아름다운 눈과 따듯한 염원으로 저의 도전에 함
께하여 주십시오. 이렇게 은혜를 입고도 제가 진다면 부끄러울
따름이지요. 만약에 죽는다 하더라고 제가 원한 바입니다. 저를
위해서 슬퍼할 친구가 없기 때문에 친구들에게 해를 끼치지 않을
것입니다. 세상에서 가진 것이 없기 때문에 세상에 해를 입히지
도 않습니다. 제가 세상에서 보잘 것 없는 자리를 차지하고 있어
서 제가 세상을 떠나게 되면, 저보다 더 좋은 사람이 이를 메울
겁니다.

로잘린드 [올란도에게서 눈을 떼지 못한 채로] 내가 가지고 있는 작은 힘도 당
신에게 보탤게요.

실리아 내 힘도 보태겠어요.

로잘린드 안녕히 가세요. 나의 판단이 잘못이기를 바래요.

실리아 나도 언니와 같은 생각이야.

찰스 [으스대고 걸으며] 와라. 대지의 어머니와 함께 눕기를[10] 바라는 젊은
풋내기는 어디 있는가?

올란도 나는 보다 품위 있는 일을 하겠다.

프레데릭 공작 한판으로 승부를 결정한다.

---

10. 찰스는 올란도를 "쓰러 뜨려 눕히다"(lie with)고 말하는 데 올란도는 이를 "동침하
다"의 뜻으로 받아들인다.

찰스 맞습니다. 공작님. 이 녀석으로 하여금 첫 번째 판에 참석하지 말
라고 말리셨는데, 두 번째 판에서는 일어나 경기를 하라고 종용
하실 필요가 없을 겁니다.

올란도 이기고 나서 모욕해야지 이기기도 전에 모욕하지 마라. 붙어 보
자.   165

로잘린드 [외치며] 헤라클레스가 당신에게 승리를 주기를!

실리아 내가 투명인간이 되어 저 사람의 다리를 잡았으면!

                                              [올란도와 찰스가 시합한다.]

로잘린드 젊은 사람이 너무 잘해요!

실리아 내가 눈으로 번개를 칠 수 있다면 누구를 쓰러뜨릴지 말해 줄게.

     환성이 터진다. [찰즈가 넘어진다.]

프레데릭 공작 그만 그만.   170

올란도 [숨을 헐떡이며] 알겠습니다, 공작님,
    몸도 풀지 못했습니다.

프레데릭 공작   찰스, 자네 어떤가?

르보 말을 못합니다, 공작님.

프레데릭 공작   그를 데리고 가게. [시종들이 찰스를 데리고 나간다.]

                        터치스톤과 시종들이 찰스와 함께 퇴장한다.

    자네 이름이 뭔가, 젊은이?

올란도 [고개를 숙이면서] 공작님, 롤랑 드 보이경의 막내아들 올란도입니다. 175

프레데릭 공작 [올란도의 아버지 이름을 듣고는 고통스러워하며] 다른 사람의 아들
    이기를.
    세상 사람들은 자네 아버지를 고결한 사람으로 생각하네만

나에게는 여전히 적이네.

자네가 다른 가문에서 출생하였다면

180 나를 더 기쁘게 했을 텐데.

그러나 잘 가게 자네는 용감한 젊은이네.

자네가 다른 사람을 아버지로 말했으면 좋았을걸.

공작, 르보, 신하들이 퇴장한다.

실리아 [근심스런 눈으로 떠나가는 아버지를 바라보며] 내가 아버지라면 나도 이

렇게 할까?

올란도 내가 롤랑 경의 아들임이, 그의 막내아들임이

185 더 자랑스러워요. 프레데릭의 양아들 상속자가 되기 위하여

이 이름을 바꾸지 않겠습니다.

로잘린드 [실리아에게] 언니 아버지는 롤랑 경을 자신의 영혼처럼 사랑했어.

모든 세상 사람들도 아버지처럼 그 분을 사랑했어.

내가 그분의 아드님이 바로 이 젊은이라는 것을 알았다면

190 그가 위험한 일을 하기 전에

눈물로 말렸을 텐데.

실리아   착한 언니,

우리 가서 그에게 감사하고 그를 격려해요.

아버지의 거칠고 악의적 성격 때문에

마음이 아파. [올란도에게] 당신은 이길만하네요.

195 당신이 적에 대해서 승리를 거두겠다고 한

약속을 지켰듯이 사랑의 약속을 지킨다면

당신의 아내는 행복할겁니다.

로잘린드   신사분,

[목걸이를 벗어 주면서]

이것을 나를 위해 걸어 주세요. 운수의 여신의 눈 밖에 난 자가

　　주는 것을.

더 많은 것을 주기를 원하지만 그럴 수 없네요.   200

동생아, 우리 갈까?

실리아   그러면, 안녕히 가세요. 멋진 신사분.

[실리아와 로잘린드가 걸어간다.]

올란도 [방백으로] 감사하다는 말도 할 수 없나? 내 정신이 나갔네.

여기 서 있는 것은 생명이 없는

나무로 된 허수아비야.

로잘린드 [흥분되어 실리아에게 속삭이며] 그가 우리를 불러. [방백으로] 내 자존

　　심이 운수에 의해 무너졌어.   205

그가 무엇을 원하는지 물어보아야지. [올란도에게] 불렀어요, 신사분?

당신은 멋진 경기를 했고

적이 아닌 사람도 넘어뜨렸어요.

[서로의 눈을 응시한다.]

실리아   언니, 갈 거야?

로잘린드 가고 있어. [올란도에게] 안녕히 가세요.　로잘린드와 실리아가 퇴장한다.

올란도 [좌절을 느끼며] 무슨 감정에 눌려서 말을 못한 건가?   210

그녀가 대화를 원했지만 말을 할 수가 없었어.

르보가 등장한다.

불쌍한 올란도, 네가 넘어졌다!
찰스 아니면 연약한 여자가 너를 이긴 거야.

르보 젊은이, 내가 친구로서 이야기하는데
215 이곳을 떠나게. 비록 자네가
큰 칭찬과 진정한 박수와 사랑을
받을 자격이 있지만.
공작님이 자네가 한 일을 오해하실 상황이네.
공작님은 변덕이 심하셔. 공작님이 어떤 분이신가는
220 내가 말하는 것보다 자네가 생각하는 편이 낫네.

올란도 감사합니다. 바라건 데 말씀해 주세요.
레슬링 경기를 본 사람 중에서
누가 공작님의 딸인가요?

르보 [재미없다는 듯] 성품으로 본다면 누구도 공작님을 닮지 않았어.
225 그러나 씩씩한 여자가 공작님의 딸이네.
다른 여자는 추방당한 공작님의 딸로서
찬탈자인 작은 아버지가 자신의 딸과 친구가
되도록 붙잡아 두고 있다네.
이 두 여자는 같은 핏줄을 지닌
230 자매 이상으로 사랑하네.
그런데 단지 사람들이 그녀의 덕목을 칭찬하고
아버지 때문에 그녀를 동정한다는 이유만으로

이 공작님이 최근에는 자기의 조카를 좋아하지 않는다네.

맹세컨대 공작님의 그녀에 대한 악의가

언젠가는 폭발할걸세. 잘 가게.　　　　　　　　　　235

여기보다는 더 좋은 세상에서

자네를 보다 사랑하고

알게 되기를 바라네.

올란도　신사를 많이 졌습니다. 안녕히 가십시오.　　　르보가 퇴장한다.

여우를 피하니 호랑이를 만나야 하는구나.　　　　　240

무서운 공작을 피하니

무서운 형을 만나야 하네.

천사 같은 로잘린드!　　　　　　　　　　　　　퇴장한다.

3장

프레데릭 공작의 궁정 안에 있는 방

실리아와 로잘린드가 등장한다.

실리아 왜 그래, 로잘린드 언니. 큐피드 신의 가호가 있기를! 한 마디도
안하는 거야?

로잘린드 [한숨지으며] 개한테 던져주고 싶어도 던질 말이 없어.

실리아 그러면 개가 아닌 나에게 말을 던져봐? 나에게 명중을 시켜봐.

5 **로잘린드** 그렇게 되면 우리 모두는 침대에 누워있어야 해. 한 사람은 말
이 명중하여 아프고 다른 사람은 말을 잃기 때문이야.

실리아 [걱정하며] 모든 일이 언니 아버지 때문이야?

로잘린드 아니야, 일부분은 내가 낳을 아이의 아버지 때문이야. 이 일상
사로 가득한 세상은 얼마나 가시밭길인지 모르겠어!

10 **실리아** 가시들을 가지고 논다고 생각해. 우리가 사람이 다니지 않는 길
을 걷다보면 치마에 달라붙는 그런 가시말이야.

로잘린드 그런 가시라면 털어버리겠지만. 이 가시는 마음에 붙었어.

실리아 "헴"하고 기침하면서 목에서 나오게 해.

로잘린드 그렇게 하고 싶어. 내가 "헴"하면서 그를 가질 수 있다면 말이야.

15 **실리아** 자, 자, 감정을 극복하려고 해봐.

로잘린드 이 감정이 나를 넘어뜨려.

실리아 [눈을 반짝이며] 언니가 성공하기를 바래! 넘어지지만 다시 일어날
거야. 이 상투적인 농담을 그만 걷어치우고 진지하게 이야기해보
라고. 어떡하다가 롤랑 경의 아들을 이렇게 갑자기 좋아하게 되
었어? 20

로잘린드 아버지가 그의 아버지를 끔찍하게 사랑하셨어.

실리아 [고개를 저으며] 그렇기 때문에 언니도 그분의 아드님을 사랑해야
된다는 거야? 그런 식의 논리라면 우리 아버지는 그의 아버지를
싫어했기 때문에 나도 그를 싫어해야 되겠네. 그러나 나는 올란
도를 미워하지 않아. 25

로잘린드 제발 나를 위해서 그 사람을 미워하지 마.

실리아 그를 미워하면 왜 안 되는 건데? 미워할 만하잖아?

프레데릭 공작이 신하들과 등장한다.

로잘린드 그에게는 사랑할 만한 구석이 있어. 내가 사랑하니까 너도 사
랑해. 저기 봐, 공작님이 오시네.

실리아 [걱정하며] 두 눈에 쌍심지를 키고 계시네. 30

프레데릭 [로잘린드에게 차갑게] 귀부인, 빨리 서둘러서 떠나세요.
이 궁중에서 나가세요.

로잘린드 [놀라서]   저 말인가요, 삼촌?

프레데릭 공작   너 말이다, 조카야.
앞으로 십일 안에
이 궁중근처 이십 마일 안에서 발견되면
너는 죽는다. 35

로잘린드 [애원하면서] 제발 간청하는데
제가 무엇을 잘못했는지 알려 주세요.
저의 생각을 살펴보고
저의 욕망을 들여다보아도
악몽을 꾸거나 미치지 않았다면 몰라도
그런데 그런 적은 없어요, 삼촌,
전하를 화나게 한 일을 한 순간도
하지 않았어요.

프레데릭 공작 [조롱하며] 모든 반역자들이 그렇게 말하지.
죄가 없다고 말함으로써 용서를 받는다면
이들도 하나님처럼 무죄하겠지.
너를 믿지 않는다고 말하면 되겠니.

로잘린드 공작님이 저를 믿지 않는다고 하여 제가 반역자는 아닙니다.
근거가 무엇인지 말씀해주시겠어요?

프레데릭 공작 [소리 지르며] 너는 네 아버지의 딸이야, 그것으로 충분하다.

로잘린드 전하께서 왕국을 찬탈하실 때도 아버지의 딸이었고.
전하께서 아버지를 추방하셨을 때도 아버지의 딸이었습니다.
전하, 반역은 계승되지 않습니다.
설사 친족에게서 물려받는다 하더라도
그것이 저와 무슨 관계인가요? 아버지는 반역자가 아니세요.
그러니 전하, 제가 가난하기 때문에
반역자라고 생각하지 마세요.

실리아 전하, 제 말씀 좀 들으세요.

프레데릭 공작 실리아야 너를 위해서 쟤를 잡아 두었다.

그렇지 않았다면 쟤는 아버지와 함께 있을 거다. 60

실리아 제가 아버지에게 언니를 있게 해달라고 간청하지 않았어요.

아버지가 원해서, 아버지가 불쌍히 여겨서 하신 거예요.

당시에는 제가 언니를 평가할 만큼 성숙하지 못했지만

지금은 언니를 알아요. 언니가 반역자라면

그래요, 저도 마찬가지예요. 우리는 같이 잤고 65

같이 일어나고 같이 배우고 놀고먹어요.

우리가 어디를 가든 주노신의 백조처럼

같이 가고 떨어지지 않아요.

프레데릭 공작 쟤가 너에게 교활하게 구는 거다.

쟤가 위선과 쟤가 침묵과 쟤가 인내로 70

사람들의 마음을 사고 사람들은 쟤를 불쌍히 여긴다.

너는 멍텅구리다. 쟤가 너에게서 명성을 빼앗았잖아.

쟤가 사라지면 네가 더욱 빛나고

더 훌륭해질 거다. 그러니 입을 열지 말거라.

내가 쟤에 대하여 내린 결정은 확고해서 75

변개할 수 없다. 쟤는 추방당했어.

실리아 [울면서] 전하, 그렇다면 그 결정을 저에게 내려 주세요.

언니와 떨어져서는 살 수 없어요.

프레데릭 공작 [역겨워하면서] 너는 바보야. 조카야, 준비하거라.

[로잘린드에게] 네가 정한 시간을 어긴다면 내 명예를 걸고 80

내 명령의 권위에 따라 너는 죽을 거다.

실리아 불쌍한 로잘린드, 어디로 갈 거야?

언니 아버지와 내 아버지를 맞바꿀까? 아버지를 언니한테 주겠어.

내가 명령하는데, 내가 걱정하는 것 보다 그 이상 걱정하지 마.

로잘린드 그 이상의 이유가 있잖아.

85 **실리아**   없어, 언니.

제발 기운을 내. 공작님이 자신의 딸인

나도 추방한 거 몰라?

로잘린드 [들은 것에 놀라며] 그렇지 않아.

실리아 아니라고? 그렇다면 로잘린드는 언니와 내가

하나라는 것을 가르쳐주는 사랑이 없는 거야.

90 우리가 떨어져 지낼까? 우리 헤어질까, 귀여운 아가씨?

그럴 수 없어, 아버지더러 다른 상속자를 찾으라고 해!

그러니 우리 어떻게 도망할 것인가 생각하자고

어디로 갈 건지 무엇을 가지고 갈 건지를 말이야.

나를 제외하고서 혼자서 불행을 짊어지고

95 슬픔을 홀로 감당하려고 하지 마.

우리들의 슬픔으로 창백해진 하늘에 두고 맹세컨대

하고 싶은 말을 해. 내가 따를 거야.

로잘린드 그러면 어디로 갈까?

실리아 [갑자기 생각이 난 듯] 아든 숲에 있는 삼촌을 만나러 가자.

100 **로잘린드** 처녀인 우리가 그렇게 멀리 여행할 때

어떤 위험이 우리에게 닥칠 수 있지!

도적들은 금보다도 아름다움 때문에 자극을 받아.

실리아 나는 가난하고 꾀죄죄한 옷차림을 할 거야.

흙으로 얼굴을 바를 거야.

언니 나처럼 해. 그러면 우리가 지나갈 때 105

공격하지 않겠지.

로잘린드 [모험심을 느끼며] 내가 보통 키보다 크기 때문에

완전히 남장을 하는 것이 낮지 않을까?

넙적다리에 멋진 단도를 차고

손에 멧돼지 잡는 창을 가질 거야. 110

여자니까 가슴속으로 몰래 두려워하겠지만

다른 사람을 겁주려고

용기가 있는 것처럼 행동하는 비겁 장이처럼

겉으로는 허세를 부리고

용감한 척할 거야. 115

실리아 언니가 남장을 하면 언니를 어떻게 부르지?

로잘린드 제우스신의 시동 이름만한 것이 없어.

나를 개니미드라고 불러.

네 이름을 뭐하고 하지?

실리아 내 형편을 말해 주는 이름으로 해: 120

나는 실리아가 아니고 에일리아나야.[11]

로잘린드 그런데 동생아 네 아버지의 궁궐에서

광대 바보를 데리고 가면 어떨까?

---

11. 타자, 또는 낯선 사람의 뜻임

우리가 고생할 때 위로가 되지 않을까?

125 **실리아** 그는 나를 따라서 넓은 세계로 갈 거야.

그를 설득하는 일을 나에게 맡겨. 가자고.

가서 보석과 돈을 챙긴 다음에

내가 도망간 후에 있을 추격을 가장 안전하게 피할 방법과

가장 합당한 시간을 생각해봐.

130 자 이제 우리는 추방이 아닌 자유를 찾아

행복하게 떠나는 거야.

모두 퇴장한다.

2막

1장

아든 숲

전 공작, 에이미언즈, 산림관리원으로 분장한 두세 명의 신하가 등장한다.

전 공작 [쾌활하게] 자, 추방당한 나의 친구들과 형제들이여
이곳에서의 생활이 익숙해지니까
가장된 화려한 생활보다 더 행복하지 않소?
이 숲이 악의에 찬 궁궐보다 위험에서 자유롭지 않소?
5 여기서 우리는 아담에게 내린 벌인
계절의 변화로 괴로워하지 않소.
그 겨울바람이 마치 차가운 이빨과
심술 궂은 소리로 내 몸을 물어뜯을 때도 말이요.
나는 추위로 오그라들지만
10 나는 웃으면서 바람에게 말하오.
"이는 아첨이 아니고 내가 누구인가를
설득력 있게 말하는 보좌관이구나."
고생은 비록 흉측하고 독이 있으나
머리에 보석을 갖고 있는 두꺼비처럼 유익이 있소.
15 사람이 찾지 않은 이곳에서
나무는 말하고, 흐르는 시냇물은 책이고,

돌은 설교를 하니 모든 것이 유익하오.

에이미언즈 저는 이것을 어떤 것과도 바꾸지 않겠습니다.

고집이 센 운수를 극복하고 조용하고 아름다운 삶을 사시는

전하는 행복하신 분입니다.　　　　　　　　　　　　　20

전 공작 그만, 나가서 사슴을 사냥할까?

사람이 살지 않는 이 도시의 원주민인

알록달록한 무늬의 불쌍한 바보[12]가 자신의 영토에서

끝이 두 개로 갈라진 화살을 맞고 둥그런 허리가

찢어지는 것은 마음이 아픈 일이야.

신하 1　　　　　　　　　　　그렇습니다. 전하　　　25

염세주의자 제이키즈가 이에 대하여 개탄했습니다.

그런 점에서 전하를 추방한 동생보다

전하가 더 폭군이라고 말합니다.

오늘 제가 모시는 에이미언즈 경과 제가

그의 뒤로 몰래 갔을 때 그는 오랜 뿌리가　　　30

이 숲을 따라 재잘거리며 흐르는

시내까지 뻗어 나온 참나무 밑에 누워 있었습니다.

한 불쌍한 외로운 수사슴이 사냥꾼의 화살로

상처를 입은 채 그 곳에 와서 쓰러졌습니다.

정말이지 전하 그 가여운 동물이　　　　　　35

신음소리를 어찌나 크게 내는지

가죽 옷이 찢어질 정도였습니다.

---

12. 전 공작은 사슴을 고깔목자를 쓴 광대로 비유한다.

그 그렁그렁한 눈물방울이 슬픔의 경주를 하듯이

귀여운 코를 따라 주르륵 흘러내렸습니다.

40   염세주의자 제이키즈가 이 복슬복슬한 짐승이

콸콸 흐르는 시냇물 가장 가장자리에 서서

시냇물에 눈물을 쏟고 있는 것을

유심히   보았습니다.

전 공작   제이키즈는 뭐라고 이야기했나?

그가 이 광경을 보고 교훈을 말하지 않았나?

45   **신하 1** [낄낄거리며] 예, 맞습니다. 수천의 비유로 말했습니다.

첫 번째, 이 짐승이 물이 필요 없는 시냇물에

눈물 흘리는 것에 대해서 말했습니다:

"불쌍한 것, 속물들이 너무 많이 가진 사람에게

유산을 물려주듯이 물로 넘쳐나는 시냇물에 눈물을 보태다니."

50   그리고는 부드러운 벨벳 코트를 입은 친구로부터 버림받고

외롭게 있는 사슴에 대해서 말했습니다:

"맞아," 그가 이야기했죠, "가난은 친구를 떠나게 하지."

그때 사슴에는 관심 없는 동물 떼가 목초를 실컷 먹은 후에

그에게 인사하러 멈추지도 않은 채 그 옆을 뛰어 지나갔습니다.

55   제이키즈가 말했죠, "그래, 달려가거라!

비대하고 기름 낀 시민[13]들아, 이것이 유행이다.

무엇 때문에 너희들이 저기 있는 저 가난하고 파산한 사슴을

---

13. 윌리엄 브라운(William Browne)은 『영국의 목가시』에서 야생짐승을 숲의 시민이
라고 불렀다(Cambridge^2 100).

볼 필요가 있겠니?" 그가 전체 나라와 도시와 궁정과
우리들의 삶을 신랄하게 비난하며
우리를 찬탈자요 폭군에 지나지 않는다고   60
폭언할 뿐만 아니라 더 심한 것은
우리가 자신의 주어진 보금자리에서 잘 살고 있는 동물들을
놀라게 하고 죽여 없앤다고 했습니다.

전 공작 그가 사색에 잠기도록 내버려 두었나?

신하 2 [낄낄거리며] 전하, 그랬습니다. 그는 울면서   65
눈물 흘리는 사슴에 대해 이야기했습니다.

전 공작   그 곳으로 나를 안내하게.
그가 우울할 때 그와 함께 토론하고 싶네.
그가 지금 말하고 싶은 게 많겠지.

신하 1 곧바로 그에게 안내해 드리겠습니다.

모두 퇴장한다.

2장

공작의 궁정 안에 있는 방

프레데릭 공작과 신하들이 등장한다.

프레데릭 공작 그들을 본 사람이 없다는 게 가능한 일인가?
그럴 수가 없어. 내 궁정의 하인들이
동조하여 방조한 거야.

신하 1 그녀를 보았다는 사람을 듣지 못했습니다.

5   시녀들, 그녀 방의 시종들이
그녀가 침대에 드는 것을 보았지만 이른 아침에
침대에 주인이 없다는 것을 알았습니다.

신하 2 전하께서 종종 조롱하셨던
그 시끄러운 광대도 사라졌습니다.

10   공주님의 시녀인 히스페리아가 엿들은 바로는
전하의 따님과 사촌언니가
최근에 근육질의 찰스를 넘어뜨린
레슬러의 재능과 행동에 대해서
칭찬했다고 합니다.

15   그녀가 믿기로는 그녀들이 어디로 갔건
그 젊은이가 반드시 그들과 동행했다는 겁니다.

프레데릭 공작 그의 형을 불러 오너라, 그 젊은 멋쟁이[14]를 불러와라.

그가 없으면 그의 형을 데리고 와라.

형에게 동생을 찾아내도록 하겠다.

빨리 서둘러라. 물어보고 뒤져서   20

이 어리석은 도망자들을 데리고 와라.   모두 퇴장한다.

---

14. 올란도를 말함.

3장

올리버 집 앞

올란도와 애덤이 등장한다.

올란도 안에 누구 계십니까?

애덤 [걱정과 두려움으로 신음하며] 아이고, 젊은 주인님! 신사 주인님!
멋있는 주인님! 돌아가신 롤랑 경을 빼 닮은 분!
여기서 무엇을 하고 계신가요?

5   왜 그렇게 훌륭하세요?
왜 사람들이 주인님을 사랑하는 거죠?
왜 주인님은 신사답고, 힘이 세고, 용감하신가요?
왜 경솔하게 변덕스러운 공작님이 데리고 있는
우람한 레슬링선수에게 승리하셨나요?

10   주인님의 승리소식이 집에 먼저 왔습니다.
주인님, 어떤 사람에게는 덕목이
오히려 해가 된다는 사실을 모릅니까?
주인님도 마찬가지예요. 신사 주인님,
도련님은 거룩하고 고상한 덕목 때문에 죽게 되었어요.

15   세상이 어떻게 됐기에 고상하기 때문에 망해야 하다니!

올란도 [놀라서] 아니, 무슨 일이예요?

애덤   불행한 도련님.

이 문 안으로 들어오지 마세요. 이 건물 안에는

도련님의 덕목을 싫어하는 사람들이 살고 있습니다.

도련님의 형―형이 아니야 아들―

그렇다고 아들도 아니야.   20

그는 아버지의 아들이라고 할 수 없습니다.

그 형이 도련님에 대한 칭찬을 듣고는

오늘 밤에 도련님이 주무시던 처소를

불태우려고 하고 있습니다. 도련님과 함께 말이죠.

만약 이것이 실패한다면 도련님을 죽일 다른 방안이 있습니다.   25

형이 계획을 말하는 것을 엿들었습니다.

이곳은 집이 아니에요 도살장입니다.

미워하세요, 두려워하세요, 들어오지 마세요!

올란도 애덤, 나더러 어디로 가라고 하는 거야?

애덤 [두 손을 꼬면서] 이곳에 들어오지만 않는다면 어디로 가든지 상관

없어요.   30

올란도 아니, 그러면 나보고 먹을 것을 구걸하라는 거예요.

아니면 비열하게 큰 칼을 가지고 대로에서

강도질을 해서 살라는 건가요?

이 짓을 하지 않으면 무엇을 할지 모르겠지만

그러나 어떤 일을 하더라도 이 일 만큼은 하지 않겠어요.   35

차라리 핏줄을 저버리고 피를 흘리기를 원하는

형의 증오를 감당하겠어요.

애덤 그렇게 하지 마세요. 나에게 500크라운이 있어요.

제가 나이가 들어 구실을 못할 때

한구석에 잊힌 채 버려질 때를 대비해서

도련님의 아버님 밑에서 일하면서

받은 품삯을 모아 둔 돈이지요.

이 돈을 가지세요. 까마귀를 먹이시는 분이

참새도 먹이시는 것이 섭리지요.

내 노년에 위로가 되어 주세요.

여기 금화가 있습니다. 이 돈을 모두 드릴 테니

저를 도련님의 하인으로 삼아주세요.

제가 나이 들어 보이지만, 힘 좋고 민첩합니다.

제가 젊었을 때 몸에 안 좋은 독주를 마시지도 않았고

뻔뻔한 오입질로 몸을 약하게 하거나 병들게 하지 않았죠.

그 결과 저는 서리를 맞으나

여전히 쾌활한 겨울과도 같습니다.

도련님과 같이 가도록 허락해 주세요.

도련님이 원하시고 해야 할 일을

젊은 사람처럼 해드리겠습니다.

올란도 [깊이 감동을 받아서] 훌륭하신 노인네, 당신에게서 구닥다리 세계에

나 있는

변하지 않는 충성심을 봅니다. 그 때는 하인들이

보수가 아니라 의무 때문에 일했죠.

당신은 유익이 되지 않으면 일하지 않고

유익을 얻으면 그 핑계로 의무를 포기하는   60

세대의 유행을 좇지 않네요.

당신은 이들과 다르네요.

그러나 불쌍한 노인네, 당신은 썩은 나무를 가꾸고 있어요.

당신의 노력과 고생에도 불구하고

이 나무는 열매는 고사하고 꽃도 피우지 않아요.   65

그러나 오세요. 우리 같이 가요.

당신이 젊어서 번 돈이 없어지기 전에

소박한 삶을 살 수 있겠죠.

애덤   주인님, 먼저 가세요. 좇아가겠습니다.

마지막 숨을 쉴 때까지 진실과 충성을 다하겠습니다.   70

17살부터 지금 80이 될 때까지 여기서 살았습니다.

이제는 더 이상 살 수 없네요.

사람들은 17에 행운을 추구하지만

80이면 약간 늦어요.

주인님에게 아무 빚진 게 없이 죽는 것보다   75

더 좋은 보상은 없어요.   모두 퇴장한다.

4장

아든 숲

로잘린드가 남장을 하고 개니미드의 모습으로, 실리아가 에일리아나로, 광대 터치스톤이 산림관리원의 복장을 하고 등장한다.

로잘린드 [깊은 숨을 쉬며] 제우스신이여, 제 기분이 매우 좋습니다!

터치스톤 두 다리가 피곤하지만 않는다면, 기분 따위는 개의치 않아.

로잘린드 [방백] 그러나 마음속으로는 남장을 부끄럽게 하고 여자처럼 울고 싶지만 여자를 위로해주는 것이 내가 해야 할 역할이야. 마치 조끼와 긴 양말이 페티코트[15]보다 강한 것처럼. 에일리아나, 용기를 내.

실리아 [지쳐서 땅에 쓰려지면서] 기다려 줘. 더 이상 갈수가 없어.

터치스톤 너를 안고 가느니 기다리겠다. 너를 안고 간다 하더라도 은화를 받지 못해. 너는 지갑에 돈이 없기 때문이야.

로잘린드 [주위를 둘러보면서] 자, 여기가 아든 숲이야.

터치스톤 그래 내가 아든에 온 것은 바보짓을 한 거야. 내가 집에 있었을 땐 더 좋은 곳에 있었는데. 여행자로서 만족해야지.

코린과 실비어스 등장한다.

로잘린드 그래 터치스톤, 만족해. 저기 누가 오나? 젊은 남자와 노인 한

---

15. 엘리자베스 시대에는 남성은 조끼와 긴 양말을, 여성은 패티코트를 입었다.

분이 진지하게 이야기 하네. [로잘린드, 실리아, 터치스톤이 대화를 엿듣기

위하여 옆으로 비켜선다.]

코린 [진지하게] 바로 그런 식으로 행동하기 때문에 그 여자[16]가 자네를

비웃는 거네.   15

실비어스 코린 님, 내가 얼마나 그녀를 사랑하는지 알아주십시오.

코린 어느 정도 이해하네. 나도 전에 사랑했으니까.

실비어스 [고개를 저으며] 아닙니다. 코린 님은 늙으셔서 추측하지 못합니다.

비록 젊어서는 야밤에 베게 비고 한숨을 지을 정도로

진정한 사랑을 하셨습니다만   20

그러나 코린 님이 저와 같은 사랑을 하셨다면

―남자치고 이런 사랑을 한 사람이 없다고 자신합니다만―

코린 님이 이 사랑 때문에

얼마나 많은 어이없는 행동을 했겠습니까?

코린 [감정 없이] 수없이 많은 행동을 했지만 다 잊어버렸어.   25

실비어스 그렇다면 마음으로 사랑하신 것이 아닙니다!

사랑 때문에 선배님께서 저지른 가장 작은

어리석은 행동까지도 기억하지 못한다면

사랑을 한 것이 아닙니다.

아니면 지금 제가 앉아서 그러는 것처럼   30

연인을 칭찬하는 말로 상대방을 지치게 하지 않았다면

그녀를 사랑하지 않은 겁니다.

아니면 제가 기분에 이끌려 그러듯이

---

16. 실비어스가 좋아하는 피비를 말한다.

사람들로부터 갑자기 사라진 적이 없다면
사랑을 한 것이 아닙니다.
오. 피비, 피비, 피비!

실비어스가 애인의 이름을 부르며 울며 퇴장한다.

로잘린드 아 불쌍한 양치기여, 너의 상처를 보면서
나의 불행한 상처도 생각하게 되는구나.

터치스톤 나도 그렇다네. 내가 사랑에 빠졌을 때 칼로 바위[17]를 치면서
밤에 미소가 아름다운 여자(Jane Smile)에게로 오게 한 대가라고
말한 것이 기억이 나네. 그녀의 빨래 방망이와 그녀가 예쁜 손으
로 우유를 짠 암소의 젖통에 키스한 것도 기억이 나고, 내가 그녀
에게 완두콩나무를 달라고 했더니, 그녀가 두 개의 콩깍지[18]를
주었는데 이를 다시 그녀에게 주면서 눈물로 말하기를 "내 대신
에 이것을 달고 다니세요"라고 말한 것이 기억이 나네. 진정으로
사랑하는 사람들은 이상한 행동을 하지. 그러나 모든 피조물이
본성상 죽듯이, 사랑에 빠진 피조물들은 사랑의 어리석음으로 죽
는다네.

로잘린드 당신은 당신이 아는 것보다 훨씬 현명하게 이야기 했어요.

터치스톤 내가 기지와 부딪혀 정강이가 깨지기까지는 기지가 멈추지 않아.

로잘린드 [방백으로. 실비어스를 언급하면서] 제우스신이여, 제우스신이여 이
양치기의 열정은 저의 열정과 유사합니다!

---

17. 원어의 stone은 고환이라는 의미도 가지고 있다. 터치스톤으로 하여금 애인에게 가
도록 하고 그 앞에서 사정을 한 생식기관에 대해서 벌을 주었다는 의미임.
18. 고환을 의미하기도 한다.

터치스톤 나의 열정과도 비슷하지만 나는 지치려고 해.

실리아 [기어들어가는 목소리로] 바라건대 당신 중 한 사람이 저기 있는 사람에게

  금을 받고 음식을 줄 수 있는지 물어봐 주세요.   55

  기절해서 죽겠어요.

터치스톤 [코린에게 소리치면서] 야, 광대야!

로잘린드 [터치스톤에게] 조용히 해. 바보야, 저 사람은 너의 친척이 아니야.

코린 누가 부르시오?

터치스톤 너의 상전이 부르느니라.   60

코린 나보다 돈이 많지 않다면 불쌍한 인간이죠.

로잘린드 [터치스톤에게] 조용히, 자―[코린에게] 안녕하신가, 친구.

코린 [머리를 묶으면서] 신사분도 안녕하신가요, 모두들 안녕하십니까.

로잘린드 그런데, 양치기 할아버지, 사랑이나 돈으로 이 황량한 곳에서

  음식과 잘 자리를 얻을 수 있다면   65

  우리를 그 곳으로 안내해서 쉬게 해주세요.

  여기 여행 때문에 지친 어린 아가씨가 있는데

  도움을 받지 못해 기절했어요.

코린   멋진 신사분, 여자 분이 안 됐네요.

  제 자신보다는 여자 분을 위해서 바라건 데

  저에게 돈이 있어서 그 분을 구할 수 있으면 좋겠습니다.   70

  저는 다른 사람 밑에서 양치기로 살고 있어서

  제가 풀을 먹이는 양떼에게서 이익을 얻지 못합니다.

  저의 주인은 못돼 먹은 사람이라서

  친절을 베풀면 하늘나라에 갈 수 있다는

것에 대해 개의치 않습니다.

뿐만 아니라, 그는 시골집과 가축과 목초지를

팔려고 내 놓았고 양 우리에는 그가 없기 때문에

당신들이 먹을 만한 것이 없습니다.

무엇이 있는지 와서 보십시오,

여러분을 진심으로 환영합니다.

로잘린드 그의 가축과 목초지를 살 사람이 누굽니까?

코린 방금 전에 보셨던 젊은이입니다.

그런데 그 사람은 매매에는 관심이 없어요.

로잘린드 당신이 정직하게 거래한다면,

시골집과 목초지, 양떼를 사세요.

우리가 살 돈을 지불하겠습니다.

실리아 당신의 임금도 올려주겠어요. 나는 이 장소가 좋아

여기서 시간을 즐겁게 보낼 수 있겠어.

코린 그것은 분명한 매물입니다.

나와 함께 가시죠. 땅, 이익, 이런 생활에 대해서

더 살펴보신 다음에

내가 충실한 하인이 되어

주시는 돈으로 속히 이를 사겠습니다.　　　　　모두 퇴장한다.

5장

아든 숲

에이미언즈, 제이키즈와 산림관리원으로 분장한 다른 신하들이 등장한다.

에이미언즈 [노래한다]

푸른 숲 나무 아래서

나와 함께 누워서

달콤한 새소리에 따라

노래를 부르기 원하는 자여

이리 오라, 이리 오라, 이리 오라!   5

[모두 노래한다.]

여기서는 겨울과 거친 기후 외에는

적을 볼 수 없다네.

제이키즈 [우뢰와 같은 박수를 치면서] 더 불러라, 더 불러.

에이미언즈 [고개를 저으며] 그렇게 되면 우울해질 텐 데요, 제이키즈 님.

제이키즈 고맙다. 더 불러다오. 더. 마치 족제비가 알을 빨아 먹듯이   10

노래로부터 우울을 빨아들이겠다.

에이미언즈 내 목소리가 거칠어요. 당신이 즐거워하지 않을 거예요.

제이키즈 너더러 나를 즐겁게 하라고 하지 않았다. 내가 원하는 것은 네

가 노래하는 거다. 자 불러라, 다른 소절을 불러다오. 너는 이를

시절(詩節)이라고 부르니?

에이미언즈 원하시는 대로 하시죠, 제이키즈 님.

제이키즈 이름 따위는 개의치 않는다. 이름을 댈 필요 없다. 노래 부를 거야?

에이미언즈 저를 기쁘게 하기 위해서가 아니라 어르신이 요청하였기에
부르겠습니다.

제이키즈 내가 사람에게 감사를 한다면 너에게 감사하겠다. 예의라고 하는 것이 오랑우탄이 인사하는 것과 같아. 어떤 사람이 나에게 진심으로 감사하는 것을 보고 내가 거지에게 일 페니를 주었을 때 그가 나에게 마음에도 없이 감사하다고 한 것이 생각난다. 자 불
러보게. 노래 부르지 않는 사람은 입을 다물어라.

에이미언즈 노래를 마치겠습니다. 그동안에 자리를 피십시오. 공작님이 이 나무 아래에서 식사하실 겁니다. [제이키즈에게] 온종일 제이키즈님을 찾으셨습니다.

제이키즈 나는 온종일 공작님을 피해 다녔다. 공작님이 나와 누가 더 우
울한가 내기하려고 하신다. 나도 공작님만큼 많은 문제를 생각하지만 단지 하나님께 감사할 뿐이고 이에 대해서 자랑하지는 않는다. 자 소리를 내라. 어서.

에이미언즈 [노래한다.]

야심을 멀리하고

시골에 살기를 좋아하는 자여
먹을 것을 사냥하여 먹고

있는 것에 만족하는 자여

여기 오라, 여기 오라, 여기 오라.

[모두 노래한다]

여기서는 겨울과 거친 날씨 외에는
적을 볼 수 없다네!

제이키즈 잘된 것은 아니지만 내가 어제 쓴 가사를 이 곡조로 불러보겠다.   40

에이미언즈 제가 노래를 부르겠습니다.

제이키즈 이렇게 시작한다. [에이미언즈에게 종이를 건네준다]

에이미언즈 [노래한다]

사람이 바보가 되어
고집스런 생각을 따르다가
재산과 평안을 버려야 하는   45
경우가 생긴다면
덕더미, 덕더미, 덕더미[19]

[모두 노래한다]

그가 나에게로 온다면
여기서 자신만큼 어리석은 바보를 만나리라.

에이미언즈 덕더미가 무슨 뜻입니까?   45

제이키즈 바보들을 원 안으로[20] 불러들이는 의미 없는 그리스어 주문이
야. 할 수 있다면 자러 가겠다. 할 수 없다면 이집트의 장자들을
욕하겠다.[21]

---

19. "여기 오세요"(come hither)의 뜻이다.
20. 많은 공연에서 등장인물들이 노래를 부르면서 제이키즈를 원으로 둘러싼다.
21. 이스라엘 백성이 출애굽할 때 애굽의 장자들이 죽었다. 이때 장자들이 우는 소리로
    사람들이 잠을 잘 수 없었다. 제이키즈는 애굽의 장자들처럼 소리를 내어 자신의

에이미언즈 공작님을 찾으러 가겠습니다. 공작님의 잔치가 준비되었습
니다.   모두 퇴장한다.

잠을 방해하는 자를 저주하겠다고 말한다.

6장

아든 숲

올란도와 애덤이 등장한다.

애덤 주인님,
더 이상 갈 수 없어요. 배고파 죽겠어요!
여기 누워 죽겠어요.
안녕, 친절한 주인님.

올란도 아니, 왜 그래, 애덤? 그 이상의 용기가 없어요? 조금 더 살고, 조 5
금 더 위로하고, 조금 더 기운을 내세요. 이 천연의 숲에 야생동
물이 있다면 내가 동물에게 먹히거나 아니면 동물을 노인네가 드
시라고 가져올게요. 노인네는 실제로 지친 것이 아니라 그렇다고
생각하는 겁니다. 나를 위해서, 용기를 얻고 죽음과 팔 길이만큼
거리를 두세요. 여기 다시 올 테니까 내가 먹을 것을 가져오지 않 10
는다면 그 때는 죽는 것을 허락할게요. 그러나 내가 오기 전에 죽
는다면 내 수고를 비웃는 겁니다. 좋아요, 기운을 차린 것 같네.
빨리 돌아올게요. 여기가 추우니까 노인네를 안전한 곳으로 옮기
겠어요. 이 황량한 곳에 무언가 동물이 산다면, 노인네를 굶어죽
게 하지 않겠어요. 기운을 내요, 착한 노인네.   모두 퇴장한다. 15

7장

아든 숲

전 공작과 에이미언즈, 산림관리원으로 분장한 신하들이 등장한다.

전 공작 내가 생각하기로는 그 사람[22]이 짐승으로 변했어.

어느 곳에서건 사람형태를 보지 못했어.

신하 1 전하, 그분이 방금 전에 떠났습니다.

여기서 즐거워했습니다. 노래를 들으면서요.

5 **전 공작** 불협화음으로 이루어진 그가 음악을 좋아한다면

천체에서 불협화음을 듣게 될 거야.

가서 그 사람을 찾아보게. 내가 말하고 싶어 한다고 전하게.

제이키즈가 등장한다.

신하 1 스스로 나타나서 갈 필요가 없게 만드네.

전 공작 어서 오게, 신사양반. 자네의 불쌍한 친구들이

10 자네와 함께 있기를 원하다니 웬일인가!

[제이키즈의 표정을 보면 놀라면서] 아니, 자네 명랑하게 보이네.

제이키즈 [기뻐서 웃으며] 바보요, 바보! 숲에서 바보를 만났죠.

고깔모자를 쓴 바보를요 — 가련한 세상입니다!

---

22. 제이키즈를 의미함.

제가 음식을 먹고 사는 것이 확실한 것처럼

누워서 햇볕을 쪼이며 우회적으로 상투적인 말투로   15

운수의 여신을 욕하고 있는 바보를 만났습니다.

그러나 그는 고깔모자를 쓴 바보예요.

"안녕하세요"라고 인사를 건네자 "그렇지 못 합니다"라고 답했

습니다.

"운수의 신이 나에게 행운을 주기 전에는 나를 바보로 부르지 마   20

시오."[23]

그리고는 주머니에서 시계를 꺼내더니

무표정한 얼굴로 이를 들여다보면서

"10시네! 이를 보면 세상이

비틀거리며 가는 거야"라고 말했습니다.   25

"9시부터 한 시간이 지났고

한 시간 후면 11시가 될 거고

매 시간 우리는 익어가고

매 시간 우리는 썩어가고

이것이 우리의 이야기네."   30

제가 광대복장을 한 바보가 하는

시간에 대한 교훈을 들었을 때

저의 허파는 수탉처럼 웃어대기 시작했습니다.

바보가 이처럼 깊은 사색을 하는 것을 보고

조금도 쉬지 않고 웃어대었습니다.   35

---

23. 행운의 여신은 바보를 좋아한다는 속담이 있다.

고상한 바보, 칭찬받아 마땅할 바보,

모든 사람들이 그의 복장을 입어야 합니다.

전 공작 이 바보가 누군가?

제이키즈 칭찬 받아 마땅한 바보!—한때는 대신이었습니다.

40 "숙녀들이 젊고 아름답다면

이를 잘 알 텐 데"라고 말했습니다.

그의 머리는 항해 후에 먹다 남은 비스킷처럼

오래 되어서 더디게 깨닫지만 거기로부터

담아둔 기억의 파편들이 쏟아져 나옵니다.

45 내가 바보였으면!

광대복장을 하고 싶습니다.

전 공작 광대 옷을 한 벌 주겠네.

제이키즈   저의 유일한 간청은

전하의 탁월하신 고견 속에 자리 잡고 있는

제가 현명하다는 편견을 바로 잡아 주시라는 겁니다.

50 뿐만 아니라 저는 바람과 같이 자유로운 영혼이라

제가 원하는 사람을 조롱하는 허가를 가지고 있습니다.

저의 우둔함으로 인하여 화가 난 사람들이

가장 크게 웃을 겁니다. 왜 그러냐고요?

답은 성당으로 가는 길을 찾는 것만큼 쉽습니다.

55 바보가 의도한 조롱을 당하고

비록 고통스러울 지라도

그렇지 않은 척 하지 않으면 우둔한 겁니다.

그렇게 하지 않을 경우 바보들이 던지는 무차별적 농담이

현자들의 어리석음을 드러내기 때문입니다.

제가 광대 옷을 입게 해주세요.   60

제가 속에 있는 것을 말하게 해주세요.

세상 사람들이 인내심을 가지고

저의 치료를 받아들인다면

저는 병든 세상을 치유하겠습니다.

전 공작 부끄러운 줄 알아라. 네가 무엇을 원하는지 안다.   65

제이키즈 제가 좋은 일 말고 어떤 해로운 일을 했는지 내기를 할까요?

전 공작 [역겹다는 투로] 죄를 비난하는 것은 가장 사악한 일이야.

너는 짐승처럼 관능적일뿐만 아니라

방탕하게 살았어.

네가 난잡하게 살다가 걸린   70

딱쟁이가 진 상처와 머리에 난 종기를

세상에 토해 내려고 하네.

제이키즈 [공작이 말한 바를 무시한 채 자신의 풍자를 정당화한다]

어떻게 사치를 과시하는 사회에 대한 비평을 두고

한 개인에 대한 모욕이라고 생각하십니까?

사치는 무제한의 소비욕으로 말미암아   75

밀물처럼 넘치다가 썰물처럼 다 없어지고 말라버립니다.

모든 도시의 여자들이 볼품없는 어깨에

귀족들이 입는 비싼 의상을 걸친다고 말할 때

누가 특정한 여자를 언급한다고 말할 수 있습니까?

80   어떤 여자가 이웃사람들처럼 사악하다고 말할 때

누가 저더러 특정한 사람을 지칭한다고 불평할 수 있습니까?

천한 직업을 가진 사람이 제가 자신에 대하여 말한다고 생각하고는

제가 사준 것도 아닌데 비싼 옷에 반대할 권리가 있냐고 한다면

제가 말하는 바대로 어리석은 사람이 아니고 무엇이겠습니까?

85   자 어떻습니까? 다음에는 뭐죠? 제가 잘못한 일이 무엇입니까?

그가 비난 받을 짓을 했다면 자신에게 잘못을 한 겁니다.

그렇지 않다면 제 비난은 야생 기러기처럼

누구도 공격하지 않고 날아가 버립니다.

누구의 몫이라고 할 수 없죠. 여기 누가 옵니까?

올란도가 칼을 빼들고 등장한다.

90   **올란도** [위협조로] 멈추시오. 더 이상 먹지 마시오!

제이키즈 아무것도 안 먹었다.

올란도 내가 필요한 것을 얻기까지는 먹지 못합니다.

제이키즈 [재미있다는 듯] 이놈은 무슨 허풍쟁이야?

전 공작 [예의를 갖추고 단호하게] 네가 힘들어서 이렇게 무례하게 구는 거냐?

95   아니면 예의를 무시한 나머지

격식이라는 것이 없어진 거냐?

올란도 저의 형편을 잘 맞추셨습니다.

뼈를 깎는 고통 때문에 부드러운 예의의 모양새를 갖추지 못했습니다.

그러나 저는 품위 있는 집안에서 자랐고 교육을 받았습니다.

[위협적인 목소리를 다시 내며 칼을 휘두른다]

다시 한 번 말하는데 멈추세요! 100

내가 음식을 얻고 임무를 마치기 전에

이 과일에 손을 대는 자는 죽을 것입니다.

제이키즈 자네가 이성²⁴으로 만족하지 않는다면 나는 죽어야 하네.

전 공작 [몸짓으로 음식을 가리키며] 무엇을 원하는가? 우리들에게 친절을 강

요하기보다 자네가 예의를 갖추는 것이 더 강력하다네. 105

올란도 저는 음식을 먹지 못해 죽을 지경입니다. 음식을 주세요.

전 공작 앉아서 먹게. 우리 식탁에 오게.

올란도 이렇게 부드럽게 말씀하시다니요? 제발 저를 용서해주세요.

저는 이곳의 모든 것이 야만적이라 생각해서

근엄한 명령조의 얼굴과 행동을 취했습니다. 110

어르신이 어떤 분이신지는 몰라도

이 접근하기 어려운 외딴 곳에서

그늘진 나뭇가지 그림자 밑에서

기어가는 시간을 유유자적 보내십니다.

어르신에게 좋은 시절이 계셨다면, 115

교회로 사람들을 부르는 종소리를 들으신 적이 있다면,

착한 사람들의 축제 식탁에 앉으신 적이 있다면,

눈에서 눈물을 훔친 적이 있다면,

동정을 하는 것과 동정을 받는 것을 아신다면,

---

24. reason은 raison(건포도)으로도 발음될 수 있다. 이런 점에서 이 단어는 pun(두 가
지로 발음되는 단어)이다.

　　　저의 예의바른 행동을 보고 마음을 열어주십시오.

　　　　　이 희망 때문에 제가 한 행동을 부끄러워하며 칼을 거두겠습니다.

　　　[천천히 칼을 칼집에 꽂는다]

　전 공작　우리에게도 좋은 시절이 있었다는 것은 사실이네.

　　　　　교회 종소리를 듣고 교회에 갔지.

　　　착한 사람의 식탁에 앉아

　　　　　연민으로 흐르는 눈물을 훔쳤다네.

　　　　　그러니 예의 바르게 않아서

　　　　　자네가 어떤 도움이 필요한 것을

　　　　　우리가 어떻게 도와 줄 수 있는지 말해보게.

　올란도　사슴이 새끼에게 달려가서 음식을 주는 것처럼

　　　　　저도 그렇게 하도록 음식을 조금만 남겨주세요.

　　　　　순수한 사랑으로 다리를 절며 저를 따르는

　　　　　불쌍한 노인네가 있습니다.

　　　　　나이와 배고픔으로 허약해진

　　　이분이 배를 채울 때까지 저는 조금도

　　　　　입에 대지 않겠습니다.

　전 공작　　　　　　　　　　가서 그자를 찾게.

　　　　　자네가 돌아올 때까지 한 입도 먹지 않겠네.

　올란도　감사합니다. 하나님이 이 친절을 갚아주시기를.　　올란도 퇴장한다.

　전 공작　우리만이 불행한 사람이 아니라는 것을 네가 알 것이다.

　　　이 넓은 우주라는 극장에서는

　　　　　우리가 공연한 것보다 더 슬픈 작품이

공연되고 있다네.

제이키즈　　　　　전체 세상은 무대입니다.

모든 남자와 여자는 사실은 배우랍니다.

배우들은 등장하고 배우들은 퇴장합니다.

사람들은 일생동안 여러 가지 역할을 연기합니다.　　　　145

그의 역할은 7가지로 구분이 되는데

처음은 영아로서 유모의 팔에서 울고 토합니다.

다음에는 가방을 메고 빛나는 아침 얼굴로

가기 싫은 학교를 달팽이처럼 느릿느릿 가는

투정부리는 학생입니다.　　　　150

다음에는 용광로처럼 한숨을 쉬고 애인의 눈썹을 찬미하는

슬픈 노래를 부르는 연인입니다.

다음에는 외국어로 욕하며 표범 같은 긴 구레나룻 수염을 기른 채

명예에 민감하며 격정적이며 논쟁을 좋아하고

물방울처럼 잠깐 존재하는 명성을 얻기 위하여　　　　155

대포에 뛰어드는 군인입니다.

다음에는 뇌물로 받은 수탉을 먹고 배가 나오고

엄격한 표정을 지으면서 깔끔하게 다듬은 턱수염을 한

성인들의 격언과 진부한 예시를 인용하는 판사입니다.

그렇게 그는 자신의 역할을 수행합니다.　　　　160

6번째 역할은 빼빼 마르고 슬리퍼를 신고서

얼굴에 안경을 걸치고 허리에 지갑을 찬

안경 쓴 늙은 상인입니다.

그의 마른 종아리에 비해서 젊었을 때 산 옷이 너무 크고
그의 우람한 남성다운 목소리는 고음의 어린아이 목소리로 변해서
말할 때마다 휘파람소리와 긁는 소리가 납니다.
이 특이하고도 다사다난한 연극의 마지막 역할은
다시 어린아이로 돌아가서 망각에 빠진 채
이도 빠지고, 눈도 침침해지고, 입맛도 없어지고, 모든 것을 잃는
것입니다.

애덤을 업고 올란도가 등장한다.

전 공작 [은혜스럽게] 어서 오게. 공경해야할 짐을 내려놓고
음식을 먹도록 하게.

올란도 노인을 대신해서 감사를 드립니다.

애덤   그렇게 하셔야죠.
제가 감사를 할 힘이 없어요.

175 **전 공작** [애덤에게] 어서 오게, 자 먹게나.
어떤 일이 일어났는지 물어보지 않겠네.
[다른 사람들에게] 음악을 들려주게. [에이미언즈에게] 그리고 자네는
노래하게.

에이미언즈 [노래한다]
불어라 불어라 너 겨울바람아,
너는 배은망덕한 사람처럼
180 천성을 저버리지 않았네.
너는 보이지 않아서

이빨이 날카로운 지 알 수 없지만
그러나 너의 입김은 거칠다네.
헤이 호, 노래하세, 헤이호, 푸른 홀리 축제에 노래하세.
많은 우정은 가식적이고 많은 사랑은 어리석다네.   185
헤이호, 홀리!
이 인생은 아주 즐겁다네.

얼어라 얼어라 너 차가운 하늘이여
너의 추위는 은혜를 잊어버린 사람에게서
받는 것만큼 혹독하지 않다네.   190
비록 바다에 파도를 일게 하지만
너의 에이는 추위는 친구를 기억하지 못하는 것처럼
그리 날카롭지 않다네.
헤이 호, 헤이 호, 푸른 홀리축제에 노래하세.
많은 우정은 가식적이고 많은 사랑은 어리석다네.   195
헤이 호, 홀리축제!
이 인생은 아주 즐겁다네.

전 공작 자네가 진지하게 그렇다고 속삭였고
자네 얼굴이 아버지와 빼 닮은 것에서 알 수 있듯이
자네가 선한 롤랑 경의 아들이라면   200
자네를 환영하네. 내가 자네 아버지를
사랑했던 공작이네. 내 동굴에 와서
자네의 살아 왔던 이야기를 말하게.

[애덤에게] 착한 노인네, 자네 주인처럼 자네도 환영하네.

[신하들에게] 그의 팔을 부축하게.

205   [올란도에게] 내 손을 잡고

무슨 일이 있었는지 말하게.   모두 퇴장한다.

3막

1장

공작의 궁중에 있는 한 방

프레데릭 공작, 신하들, 올리버가 등장한다.

프레데릭 공작 [강한 의심과 조급함으로] 그 후로 그를 보지 못했다고?

그건 있을 수 없어.

내가 근본이 인정머리 없는 사람이라면

없는 사람을 찾는 대신에

5   여기 있는 너에게 복수를 했을 거야.

똑똑히 들어! 너의 동생이 어디 있든 간에

동생을 찾아라. 샅샅이 찾아라.

살았든지 죽었든지 2개월 안에 데리고 와.

그렇지 않으면 짐의 나라에서

10   살 생각을 하지 말거라.

압류할 가치가 있는 너의 땅과 모든 것들을

네 동생의 입을 통해서 네가 죄를 벗을 때까지

짐이 압수한다.

올리버 [두려움으로 떨며] 전하께서 제 마음을 살펴 주시기를 원합니다.

15   저는 동생을 사랑한 적이 없습니다.

프레데릭 공작 생각보다 못된 놈이구나! 그를 문밖으로 끌어내라.

담당 관리들에게 말해서
그의 집과 재산을 압수하도록 해라.
이일을 서둘러라. 그 놈을 쫓아내라.　　　　모두 퇴장한다.

2장

아든 숲

올란도가 종이를 들고 등장한다.

올란도 [종이를 나무에 붙이면서] 내 시여, 거기 붙어 있어

사람들에게 내 사랑을 말해다오.

그대 세 개의 머리를 지닌 밤의 여왕이여,

순백색의 달에 있는 너의 순결한 눈으로

5 나의 인생을 흔들고 있는

여사냥꾼 로잘린드를 찾아 다오.

[무대에 없는 로잘린드에게] 오 로잘린드, 이 나무들이 나의 책이 되어

나무껍질에 내 생각을 새기게 되면

이 숲을 보는 사람은 사방에서 당신의 뛰어남을 보게 되리.

10 [방백으로] 올란도, 뛰어라 뛰어라, 모든 나무에 그녀가

얼마나 아름답고 순결하고 표현할 수 없는가를 적어라! 퇴장한다.

코린과 터치스톤이 등장한다.

코린 목자로 사는 것을 어떻게 생각하십니까, 터치스톤 나리?

터치스톤 진심을 말하자면, 산다는 점에서는 좋지만 목자인 점에서는 나

쁘다네. 명상을 한다는 점은 좋지만 외롭다는 점에서는 끔찍하다

네. 들에 나간다는 점은 기쁘지만 궁정이 아니라는 점에서는 지 15
루하다네. 절약하는 삶이라는 점에서는 내 성질에 맞으나 풍족한
삶이 아니라는 점에서는 내 배가 만족을 하지 못하네. 양치기 할
아버지, 당신은 철학을 가지고 있습니까?

코린 사람이 아프면 아플수록 더 부정적으로 생각하게 된다는 정도만
알고 있습니다. 돈과 자질과 만족이 없는 사람은 세 가지 친구가 20
없다는 사실 말입니다. 비의 특성은 젖게 하는 것이고, 불의 특성
은 태우고, 좋은 목초지는 살찐 양을 만들고, 밤이 되는 이유는
태양이 없기 때문이고, 똑똑하게 태어나지 못하고, 배움을 통해
서 똑똑하게 되지 못한 사람은, 자신의 교육에 대하여 불평하거
나 무식한 가문에서 태어났다고 불평한다는 사실 말입니다. 25

터치스톤 [자신도 모르게 감동을 받아서] 코린 할아버지는 스스로 지혜를 터득
했어요! 양치기 할아버지, 궁중에서 일한 적이 있습니까?

코린 아니요, 전혀.

터치스톤 [짐짓 슬퍼한 척 하면서] 그렇다면 할아버지는 저주를 받은 거야.

코린 [충격을 받아서] 그렇지 않아요. 30

터치스톤 할아버지는 한쪽만 익은 달걀처럼 진짜 저주 받았어.

코린 궁중에 있지 않았다는 이유로요? 나리의 생각입니까?

터치스톤 자, 할아버지가 궁중에 있은 적이 없다면 당신은 예절²⁵을 알지
못할 거고, 당신이 예절을 알지 못한다면 당신의 예절은 나쁜 것
이고, 나쁜 것은 죄고, 죄는 저주야. 양치기 할아버지, 당신은 위 35
험한 상태에 있어요.

---

25. 터치스톤은 이 말을 도덕이라는 뜻으로도 사용하고 있다.

코린 전혀 안 그렇습니다. 터치스톤님. 시골의 행동이 궁중에서는 비웃음 당하듯이 궁중의 좋은 예절도 시골에서는 우스꽝스럽습니다. 궁중에서는 손에 키스를 하지 않고 인사를 하는 법이 없다고 하지요, 그러나 그런 궁중의 대신들이 양치기라면 그런 예의도 위생적이지 못합니다.

터치스톤 간단하게 증명해 봐. 간단하게 해봐.

코린 우리는 항상 어린 양을 돌보지요. 양의 털은 아시다시피 기름이 묻어있어요.

터치스톤 궁중대신들의 손에서도 땀이 난다고! 그렇다면 양의 기름도 사람의 땀처럼 건전한 거야! 빈약해요, 빈약해, 증명을 잘 해봐. 어서.

코린 뿐만 아니라 우리들의 손에는 굳은 살이 박혀있어요.

터치스톤 키스를 하면 살이 굳은 것을 금방 느끼게 되지. 아직도 증명을 못했어. 증명을 잘해봐.

코린 [이 문제에 대하여 생각을 한 후에 의기양양해서] 목자들의 손은 양을 수술하는데 쓰는 타르가 묻어 있어요. 우리더러 타르에 키스하라는 겁니까? 대신들의 손에는 사향이 묻었어요.

터치스톤 할아버지 생각이 짧아! 할아버지는 멋있는 사람인 것 같지만 구더기의 먹이야. 현자들에게서 배우고 주목해. 사향은 타르보다 급이 낮아. 고양이한테서 나오는 더러운 분비물이기 때문이지. 논리를 수정해봐, 양치기 할아버지.

코린 당신의 기지가 너무 고급스러워서 내가 기권하겠습니다.

터치스톤 할아버지, 저주를 받은 상태에서 포기할래? 불쌍하다, 생각이

짧은 할아버지! 하나님이 할아버지를 잘라 보셨으면 좋겠네. 할 60
아버지는 아직 설익었어!

코린 터치스톤님, 나는 진정한 노동자입니다. 먹을 것을 얻기 위해 일
하고 입을 것을 삽니다. 사람을 미워하지도 않고 누구의 행복을
시기하지도 않습니다. 다른 사람의 행운을 기뻐하고 제가 저의
손해를 감당합니다. 저의 가장 큰 자존심은 암양이 풀을 뜯고 새 65
끼양이 젖을 빠는 것을 보는 겁니다.

터치스톤 그게 당신이 저지른 어리석은 죄라고. 암양과 다 자란 수양을
데리고 와서는 교미를 하게 함으로써 돈을 벌고, 우두머리 수양
을 위해서 뚜쟁이 짓을 하고, 12개월 된 암양을 꼬부라진 뿔을
가진 늙은 양과 몰래 교미를 하게 하잖아. 전혀 맞지 않는데도 말 70
이야. 할아버지가 이일로 인해 저주 받지 않는다면 악마가 지옥
에 목자가 들어오는 것을 거절하기 때문이야. 할아버지가 저주를
어떻게 피할 수 있을지 모르겠어.

로잘린드가 개니미드로 분장한 채 편지를 읽으면서 등장한다.

코린 여기 젊은 개니미드 나리가 옵니다. 저의 새 마나님의 오빠입니다.

로잘린드 [읽으면서] 서인도제도에서 동인도제도까지 75
로잘린드와 같은 보물은 없네,
그녀의 명성은, 바람에 실려서,
온 세상에 알려지네.
아름답게 그려진 모든 그림은
로잘린드에 비하면 볼품없네. 80

당신 마음에 로잘린드의 아름다움 외에는

다른 아름다움을 간직하지 마세요.

터치스톤 그런 종류의 시라면 나는 너를 위하여 8년 동안 계속 쓸 수 있

어. 저녁과 만찬과 잠자는 시간을 제외하고는. 이는 장터로 버터

를 팔러가는 여자들이 중얼거리는 시야.

로잘린드 [시를 읽으면서] 조용히 해, 이 바보야!

터치스톤 [눈을 깜박이면서] 내가 시를 한 번 읊어볼까?

수사슴이 암사슴을 필요로 하다면

로잘린드를 찾아라.

고양이가 교미할 상대를 찾듯이

로잘린드도 같은 짓을 하네.

겨울옷에 털을 넣듯이

날씬한 로잘린드도 마찬가지라네.[26]

추수하는 자는 단을 묶고 모아서 싣듯이

다음에는 로잘린드가 채찍을 맞는다네.[27]

신 껍질을 까면 단 밤이 나오듯이

로잘린드도 마찬가지라네.

당신이 아는 모든 장미에는

사랑의 가시가 있다네. 로잘린드처럼.

---

26. 날씬했던 로잘린드가 임신하는 것을 의미한다.

27. 당시에는 구두쇠, 공처가, 바람 난 여자들은 마차 뒤에 끌려 다니면서 채찍질을 받
    았다.

이것은 매끄러운 시가 아니라 거친 운율의 시라고. 왜 이따위 시 100
로 귀를 더럽혀?

로잘린드 [즐겁지만 참을 수 없어서] 조용히 해 바보야. 이 시를 나무에서 발
견했어.

터치스톤 맞아. 그 나무에 나쁜 열매가 열렸구나.

로잘린드 내가 당신을 이 나무에 접붙일 거야. 이때 모과나무[28]도 여기에
접붙일 거야. 그러면 이 나무은 가장 빨리 열매 맺는 유실수가 되 105
겠지. 당신은 모과나무처럼 반도 익기 전에 썩을 거야.[29]

터치스톤 네가 한 말이 현명하지 아닌지는 이 숲이 판단할 거다.

에일리아나로 변장한 실리아가 글을 가지고 들어온다.

로잘린드 조용히 해, 여기 내 동생이 글을 읽으면서 들어오고 있어. 비켜.

실리아 [읽으면서]

왜 여기가 사막이어야 하는가?

사람이 살지가 않아서? 아니야! 110

내가 모든 나무에 경건한 격언에 대한

시를 걸어놓겠네.

어떤 격언은 방황하며 살아가는

우리 인생이 너무 짧아서

한 뼘도 안 된다고 말하네. 115

---

28. 영어단어 medlar는 참견꾼을 의미하기도 한다. 참견꾼은 터치스톤을 말한다.
29. 모과나무는 썩어야 먹을 수 있는 나무다. 로잘린드는 터치스톤이 시를 읽는 것을
방해했기 때문에 모과나무처럼 일찍 죽을 것을 암시한다.

어떤 격언은 친구와 친구 사이에 맺은

약속이 깨어졌다고 말하네.

그러나 나는 가장 아름다운 나뭇가지에

모든 문장의 뒤에

120 로잘린드라고 써서

읽는 모든 사람으로 하여금

조물주가 인간에게 주고자 하는

덕목이 이 소우주에

들어 있다는 것을 가르치겠네.

125 조물주가 자연의 신에게 명령하여

여러 자료에서 모은 덕목을

한 몸에 모으라고 명령했네.

자연의 신은 재빨리

헬렌의 마음이 아닌 얼굴을,

130 클레오파트라의 위엄을,

아탈란테[30]의 달리기가 아닌 아름다움을,

신실한 루크레시아의 정숙함을 가져왔네.

이처럼 신의 회의에서 결정한대로

로잘린드의 몸은 여러 얼굴과, 눈, 심장에서 가져온

135 다양한 부분으로 만들어져서

가장 훌륭한 특징을 가지고 있다네.

---

30. 오비드의 『변신이야기』에 의하면 아탈란테는 달리기를 잘했을 뿐만 아니라 뛰어
난 용모를 지녔다(10. 9).

신들이 그녀가 이런 덕목을 가지기를 원했고

나는 그녀의 노예로 살다가 죽으려네.

로잘린드 [앞으로 나오면서 개니미드처럼 농담한다] 가장 고상한 설교가여, 얼마 140
나 많은 상투적인 사랑의 설교로 교인들을 질리게 하면서도. "여
러분들, 참고 들으세요!"라고 말한 적이 없어.

실리아 [로잘린드, 터치스톤, 코린이 자신을 훔쳐 본 것을 알고는 화가 난 척하며 에일리
아나의 목소리로 말한다] 어머나, 나쁜 사람들같으니라구? [코린에게] 양
치기, 뒤로 물러나요! [터치스톤에게] 저 사람과 같이 물러나요.

터치스톤 양치기, 이리 오게. 군인의 군장이 아닌 양치기의 주머니와 물 145
건과 함께 명예롭게 후퇴하세.   코린과 함께 퇴장한다.

실리아 [실망스러워 고개를 흔들며] 이 시를 들었어?

로잘린드 [올란도의 시를 본 후 기쁨을 감추며] 그래 전부 들었어. 어떤 시행에
는 음보가 더 많이 들어 있어.

실리아 그것은 문제가 되지 않아. 다리가 시행³¹을 떠받칠 수 있어. 150

로잘린드 그러나 다리가 아파서 시행을 붙잡고 일어나야 해. 그러니 절
뚝거리며 서있는 거야.

실리아 그런데 언니는 자신의 이름이 어떻게 나뭇가지에 걸리고 새겨진
것에 대해서 생각 안 해봤어?

로잘린드 네가 오기까지 왜 그런지 곰곰이 생각하고 있었어. 여기 종려 155
나무에서 발견한 것을 봐. 나에 대하여 운율이 안 맞는 시를 써서

---

31. 앞 행에서 로잘린드가 feet를 "음보"의 의미로 사용한 반면 이 행과 다음 행에서
실리아는 이를 "다리"라는 의미로 사용하고 있다. 로잘린드는 올란도의 시가 운율
이 맞지 않는다고 놀리고 있다.

내가 피타고라스 이후 처음으로 쥐가 되었어.[32] 물론 이런 사실을
다른 사람은 알 수 없지.

실리아 [놀리는 투로] 누가 그렇게 했는지 알겠어?

160 **로잘린드** 남자야?

실리아 지난번에 언니가 그의 목에 목걸이를 걸어주었잖아? 지금 얼굴
붉히는 거야?

로잘린드 누구 말이야?

실리아 [박수를 치고 즐겁게 웃으면서] 어쩜, 어쩜, 친구끼리 서로 껴않는 것은
165 　　　힘든 일이지만 지진이 나면 산들은 서로 만나서 즐거워한데.[33]

로잘린드 그렇지 않아. 그런데 그가 누구야?

실리아 진심으로 하는 이야기야?

로잘린드 아니. 제발 간청하는데 누구인지 알려 줘.

실리아 얼씨구 절씨구. 진짜 놀고 있네. 더 이상 무슨 말을 해야 돼!

170 **로잘린드** 제발 부탁이야. 내가 남장을 하고 있지만 내 본성이 여자라는
　　　것을 생각하고 있는 거야? 네가 뜸 들이는 동안에 남태평양을 다
　　　녀오겠다. 제발 누구인지 빨리 말해줘. 목이 좁은 병에서 포도주
　　　가 나오듯이 그가 누군지 말을 해주면 좋겠어. 한 번에 왈칵 쏟아
　　　지거나 아니면 아예 안 나오겠지. 네 입에서 코르크를 꺼내서 네
175 　　　가 전하는 소식을 마시고 싶어.

실리아 사내아이를 배려고.[34]

---

32. 아일랜드 사람들은 운율이 담긴 풍자시로 동물을 죽일 수 있다고 믿었다. 올란도가
　　쓴 운율이 안 맞는 시 때문에 로잘린드가 죽어서 쥐가 되었다는 농담이다.
33. "친구는 만날 수 있으나 산은 만날 수 없다"는 속담을 반대로 말하고 있다.
34. 실리아는 로잘린드가 말하는 술병의 형태와 술을 성적인 의미로 사용하고 있다. 합

로잘린드 하나님이 만든 피조물이야? 어떤 종류의 남자야? 모자를 쓰고 수염이 어울리는 남자야?

실리아 아니야, 수염이 얼마 없어.

로잘린드 그래. 하나님께 감사하면 수염이 더 많아질 텐데. 그가 누구인 180 지 알려준다면 그의 수염이 나는 것을 기다릴 거야.

실리아 한 번에 그 레슬러의 다리와 언니의 마음을 넘어뜨린 청년 올란 도야.

로잘린드 [기쁨과 두려움에 숨이 막혀서] 그럴 리가. 나를 놀리지 마! 사실대로 말해봐. 185

실리아 [한 손을 들어 맹세를 하면서] 사실이야 언니, 그 남자야.

로잘린드 [믿지 못하겠다는 듯이] 올란도라고?

실리아 [강조하면서] 올란도.

로잘린드 [처음에는 실망하여 그리고는 실리아에게 열심히 질문한다.] 아 슬퍼라. 내 조끼와 긴 양말을 어찌 해야 하나? 네가 그를 보았을 때 무엇을 190 하고 있던? 뭐라고 말했어? 표정이 어땠어? 어디로 갔어? 여기는 왜 온 거야? 나에 대해서 물었어? 지금 어디 있어? 어떻게 너와 헤어졌어? 언제 다시 보기로 했어? 한마디로 답해봐.

실리아 나에게 가간튤라[35]의 입을 가져다 줘. 그것은 누구라도 답할 수 없는 말이야. 이 질문에 "예," "아니오"라고 답하는 것도 교리문 195 답에 답하는 것보다 더 어려운데.

로잘린드 내가 이 숲에 있고 남장을 하고 있다는 것을 그가 알아? 레슬

방을 통해서 애기를 임신하는 것을 말한다.

35. 가간튤라는 큰 입을 가진 거인이다.

링경기를 했던 때처럼 활기가 넘쳐있어?

실리아 [역겹다는 투로 머리를 흔들면서] 사랑하는 사람의 질문에 답하는 것보

200   다 원자의 개수를 세는 것이 쉽지. 내 이야기를 맛보고 음미해 봐.

       내가 그를 보았을 때 그는 떨어진 도토리처럼 나무 아래에 있었어.

로잘린드 [방백으로] 이런 열매를 맺는 나무를 제우스신의 나무라고 불러.

실리아 [엄중한척 하면서] 숙녀님, 내 이야기를 들어 보세요.

로잘린드 계속해.

205 **실리아** [극적인 말투로] 그곳에 그가 부상당한 기사처럼 뻗어있었어.

로잘린드 불쌍한 광경이지만 땅이 멋있었겠네.

실리아 입에 재갈을 물려. 제멋대로 놀아나잖아. 그는 사냥꾼 옷차림을

       하고 있었어.

로잘린드 불길해라. 그가 내 심장[36]을 죽이기 위해서 왔어!

210 **실리아** 말을 막지 마. 언니 때문에 화음이 안 맞아.

로잘린드 내가 여자인줄 몰라서 그래? 나는 생각하는 대로 말해. 계속해.

올란도와 제이키즈가 등장한다.

실리아 [혼돈스러워하며] 내가 무슨 말을 했나— 가만, 여기 그가 오잖아?

로잘린드 그이야. 옆으로 가서 그를 지켜보자구. [로잘린드와 실리아가 숨는다.]

제이키즈 나를 동행해 주어서 고맙네만 솔직히 이야기하면 나 혼자 있고

215   싶네.

올란도 저도 마찬가지입니다만 예의상

       어른께서 함께 해주셔서 고맙다고 말하겠습니다.

---

36. heart는 hart(사슴)와 동음이의어이다.

제이키즈 [상냥하게] 잘 가라. 서로 만나지 말자.

올란도 [똑같이 상냥하게] 서로 모른척하죠.

제이키즈 껍질에 연애시를 써서 나무를 죽이지 마라.   220

올란도 내 시를 엉터리로 읽어서 망치지 마세요.

제이키즈 로잘린드가 너의 애인 이름이냐?

올란도 그렇습니다.

제이키즈 [머리를 흔들며] 나는 그 이름을 좋아하지 않아.

올란도 그녀가 세례를 받았을 때 어른을 기쁘게 하고자 하는 마음이 없   225
었어요.

제이키즈 여자애의 키가 얼마니?

올란도 저의 가슴만 합니다.

제이키즈 [인정하는 척 하며] 재미있게 말하는구나. 금세공업자의 아내들을
잘 알아서 그녀들의 반지에 새겨진 글귀를 외우는구나?   230

올란도 그렇지 않아요. 어르신이 벽 융단에서 질문거리를 배웠듯이 나도
거기서 격언을 배웠어요.

제이키즈 영리하구나. 기지가 아탈란테의 발처럼 빠르구나. 여기 나와
함께 앉아서 운명의 여신에게 세상과 슬픔에 대해서 욕을 할까?

올란도 나는 세상에서 나 외에 다른 사람을 욕하지 않아요. 내가 모든 잘   235
못을 저질렀기 때문이지요.

제이키즈 가장 최악의 잘못은 사랑에 빠진 거야.

올란도 그것을 어른의 최고 덕목과도 바꾸지 않겠어요. 어른이 싫증이 나요.

제이키즈 너를 만났을 때 나는 바보[37]를 찾고 있었어.

---

37. 터치스톤을 의미한다.

240 **올란도** 그는 시내에 빠졌어요. 당신이 들여다보면 그를 볼 수 있어요.[38]

제이키즈 내 모습을 보겠지.

올란도 그것은 바보이거나 아니면 있으나 마나 한 존재입니다.

제이키즈 더 이상 너와 함께 있지 않겠다. 안녕, 사랑꾼.

올란도 어른을 떠나서 기뻐요. 아듀, 우울아저씨.　　　제이키즈 퇴장한다.

245 **로잘린드** [실리아에게 나지막한 소리로] 내가 건방진 하인처럼 말을 걸고는 젊은이 행세를 할 거야. [개니미드로서 목소리를 높이면서] 사냥꾼, 내말을 듣고 있습니까?

올란도 그럼요. 무엇을 원하십니까?

로잘린드 시계 바늘이 몇 시에 있습니까?

250 **올란도** [이상한 질문을 한 개니미드의 위아래를 살피면서] 지금 몇 시인가를 물어야지요. 숲에는 시계가 없습니다.

로잘린드 [마음의 안정을 되찾으며] 그렇다면 숲에는 진정한 애인이 없습니다. 애인이 있어서 매분마다 한숨짓고 매시간 마다 신음소리 내다보면 시간이 느릿느릿 가는 것을 알 수 있습니다. 일각이 여삼

255 추입니다.

올란도 시간이 왜 빨리 간다고 하지 않나요? 그게 맞는 이야기 아닙니까?

로잘린드 아닙니다. 시간은 사람에 따라 다른 속도로 갑니다. 어떤 사람에게는 시간이 타박타박 걸어가고, 어떤 사람에게는 시간이 유유자적 걸어가고, 어떤 사람에게는 시간이 질주하고, 어떤 사람에

260 게는 시간이 정지해 있습니다.

올란도 누구에게 시간이 타박타박 걸어가지요?

---

38. 제이키즈의 물에 비친 모습이 바로 바보라는 뜻.

로잘린드 약혼을 하고 아직 결혼하지 않은 젊은 여자에게 시간은 힘들게
타박타박 걸어갑니다. 그 사이가 7일이면 시간이 하도 더디어서
7년처럼 느껴집니다.

올란도 [재미있게 물어보는 투로] 누구에게 시간은 유유자적하게 걸어갑니까? 265

로잘린드 라틴어를 모르는 신부와 통풍[39]이 없는 부자입니다. 신부는 공
부를 할 수 없으니 시간이 천천히 갑니다. 부자는 고통을 모르고
행복하게 사니까 그렇습니다. 신부는 공부에 시간을 허비하지 않
으니까 그렇고, 부자는 고통스런 궁핍을 모르니까 그렇습니다.
이들에게 시간은 유유자적 흘러갑니다. 270

올란도 누구에게 시간이 질주합니까?

로잘린드 단두대로 향하는 도둑에게 그렇습니다. 비록 그가 천천히 발걸
음을 옮기더라도 그는 금방 거기에 도착한다고 생각합니다.

올란도 누구에게 시간이 정지해 있습니까?

로잘린드 휴정 중에 있는 변호사입니다. 이들은 개정기와 개정기 중간에 275
잠을 자기 때문에 시간이 어떻게 지나가는지 모릅니다.

올란도 젊은 친구, 자네는 어디서 살고 있습니까?

로잘린드 [에일리아나로 변장한 실리아를 가리키며] 여기 있는 내 양치기 동생과
함께 페티코트의 가장 자리에 있는 술 장식처럼 숲의 주변에 살
고 있습니다. 280

올란도 이곳에서 태어났습니까?

로잘린드 [고개를 끄덕이면서] 토끼가 태어난 곳에 삽니다.

올란도 당신의 말투는 이렇게 외딴 곳에서 습득할 수 있는 것보다 훨씬

---

39. gout라는 병을 말한다.

고급스럽습니다.

285 **로잘린드** 그런 소리를 여러 번 들었습니다. 사실은 연세 드신 나의 삼촌
이 말을 가르쳐주셨습니다. 이 분은 젊어서 궁중에 계셨습니다.
그분은 궁중법도를 잘 아셨는데 그곳에서 사랑에 빠지셨습니다.
삼촌이 궁중에 대해서 나쁘게 말씀하시는 것을 들었습니다. 하나
님께 감사한 것은 내가 여자가 아니기 때문에 삼촌으로부터 비난
290 받는 그 실수를 저지르지 않는다는 점입니다.

올란도 삼촌이 비난한 여성의 중요한 악덕을 기억합니까?

로잘린드 대표적인 것은 없습니다. 반 펜스 동전처럼 서로 서로 비슷합
니다. 어느 한 악덕이 부조리 하지만 다른 악덕도 똑같이 부조리
합니다.

295 **올란도** [재미있다는 듯] 그들 중 몇 가지를 말해 주십시오.

로잘린드 [자신이 언급한 사람이 바로 올란도라는 사실을 모르는 척하면서] 나는 아픈
사람 외의 다른 사람에게 약을 주지 않습니다. 이 숲에 나무껍질
에 로잘린드라고 새겨서 어린 나무를 죽이는 사람이 있습니다.
호손나무에 오드(ode)를 걸고 블랙베리 나무에 연애시를 걸
300 어 놓았습니다. 모두 로잘린드를 신격화 하는 내용입니다. 내가
이 사랑에 미친 사람을 만난다면 충고를 해주겠습니다. 이 사람
은 사랑의 열병을 앓고 있는 듯합니다.

올란도 내가 바로 사랑의 열병을 앓고 있습니다. 나에게 처방을 알려주
십시오.

305 **로잘린드** [올란도의 얼굴을 쳐다보면서 고개를 저으며] 당신에게서 삼촌이 말씀
하신 증상을 찾을 수 없습니다. 삼촌은 사랑에 빠졌는지를 어떻

게 아는지 가르쳐 주셨는데, 당신은 이 골풀로 된 감옥에 갇혀있
지 않습니다.

올란도 삼촌이 말씀하신 증상이 무엇입니까?

로잘린드 야윈 뺨인데 당신에게는 없습니다. 다크써클과 쾡하게 들어간   310
눈인데, 당신에게는 없습니다. 우울한 기분인데, 당신에게는 없습
니다. 자르지 않은 턱수염인데, 당신에게는 없습니다. 미안하지만
당신의 수염은 동생이 받는 수입만큼이나 적습니다. 아니면 양말
이 발목까지 내려오거나, 모자를 끈으로 묶지 않거나, 소매 단추
를 잠그지 않거나, 신발 끈을 매지 않는 등 외모에 신경 쓰지 않   315
아야 하는데, 당신은 그렇지 않습니다. 당신은 오히려 외모에 신
경을 써서 자신을 다른 사람보다 더 사랑하는 것처럼 보입니다.

올란도 젊은이, 내가 사랑한다는 것을 믿어 주십시오.

로잘린드 날더러 믿으라고요? 당신이 사랑하는 사람은 이를 믿을 겁니
다. 여자는 남자가 사랑한다고 인정하기보다는 자신이 사랑한다   320
고 믿는 것을 더 잘합니다. 여자는 그런 식으로 자신의 양심을 속
입니다. 맹세컨대 당신이 로잘린드를 존경한다는 시를 나무에 매
단 사람입니까?

올란도 그렇습니다. 로잘린드의 하얀 손에 두고 맹세하건데 내가 바로
그 불행한 사람입니다.   325

로잘린드 [올란도의 대답에 무관심한척 하면서] 시에서 표현한 것처럼 그만큼
사랑하십니까?

올란도 시로도 이성으로도 얼마나 사랑하는지 말할 수 없습니다.

로잘린드 사랑은 미친 짓입니다. 미친 사람은 어두운 곳에 가두어 놓고

330 매질을 해야 합니다. 이런 사람들이 벌을 받지 않고 치료되지 않
는 이유는, 증상이 너무 일반적이라서, 치료하는 사람도 이 증상
을 앓고 있기 때문입니다. 저는 상담치료 전문가입니다.

올란도 치료를 한 적이 있습니까?

로잘린드 한 번 다음과 같은 방법으로 치유를 했습니다. 그로 하여금 저
335 를 자신의 애인이요, 여친이라고 생각하게 했습니다. 매일 저에
게 구애하게 했습니다. 그때 저는 변덕스러운 나이라서 슬퍼하다
가 새치름하다가, 생각에 잠기다가, 성질을 부리다가, 거만을 떨
다가, 바보처럼 굴다가, 천박을 떨다가, 수시로 변하다가, 눈물을
흘리고, 미소를 지었습니다. 모든 것에 격정적으로 반응했습니다.
340 실제로는 아무것도 느끼지 않는데 말입니다. 대부분의 선남선녀
들이 이런 사람들입니다. 나는 때로는 그를 좋아하다가, 때로는
그를 싫어했습니다. 그를 즐겁게 해주다가, 거절했습니다. 그를
위하여 울다가, 침을 뱉었습니다. 나에게 구애하는 사람에게서
사랑의 광증을 몰아내고, 분노를 심자 그는 속세를 떠나 외진 곳
345 에서 수도승으로 살고자 했습니다. 이렇게 그를 치유했고, 당신
의 간도 양의 심장처럼 깨끗하게 만들어서, 사랑의 그림자도 안
보이게 하겠습니다.

올란도 치유 받고 싶지 않습니다.

로잘린드 단지 나를 로잘린드라고 부르고 나의 오두막에 와서 구애만 한
350 다면 치료해 주겠습니다.

올란도 내 사랑의 진실함을 두고 맹세하건데 그렇게 하겠습니다. 당신의
집이 어딥니까?

로잘린드 나와 함께 가면 보여 주겠습니다. 그런데 숲의 어디에서 사는
지 말해 주어야 합니다.

올란도 기꺼이 하죠, 젊은이. 355

로잘린드 아니요, 나를 로잘린드라고 불러주세요. [실리아에게] 동생아, 같
이 갈까? 모두 퇴장한다.

3장

아든 숲

터치스톤, 오드리가 등장하고 제이키즈가 뒤를 이어서 등장한다.

터치스톤 오드리, 빨리 와. 염소를 데리고 올게. 어때 오드리, 이만하면 너의 남자지? 나의 수수한 모습이 마음에 들지 않아?

오드리 당신의 모습이라고? 아이고 맙소사! 어떤 모습이?

터치스톤 내가 여기 당신과 염소와 함께 있는 것은 가장 상상력이 뛰어난 시인, 명예로운 오비드가 고트 족속들과 함께 사는 것과 같다고.[40]

제이키즈 [방백으로] 지식이 엉뚱한데 쓰이다니, 제우스신이 초가집에 사는 것보다 더 어울리지 않는구나.

터치스톤 사람이 시를 이해하지 못할 때, 조숙한 아이가 이해를 하는 것만큼도 그 뜻을 깨닫지 못할 때, 작은 방을 쓰고서 숙박비를 많이 내야 하는 것만큼 불쌍한 일이야. 신들이 너를 시작능력을 가진 사람으로 만드셨다면 좋았을 텐데.

오드리 시작능력이라는 말이 무슨 뜻이죠. 행동과 말이 순결한 사람을 의미하나요? 진실하다는 의미인가요?

터치스톤 반드시 그런 것은 아니야. 가장 진실한 시란 가장 거짓된 시야.

---

40. 터치스톤은 자신이 지금 오드리의 양떼(goats)와 같이 사는 것을 오비드가 추방당해서 고트족(Goths)과 같이 살았던 것에 비유하고 있다. Goths와 goats는 비슷하게 발음되는 pun이다.

연인들은 시를 좋아하지. 이들이 시에서 맹세하는 것은 거짓이야. 15

오드리 그러면 내가 시인이 되기를 원하는 겁니까?

터치스톤 진정으로 그래. 네가 정숙하다고 맹세하잖아. 네가 시인이라면 거짓말을 한다는 희망을 가지겠지.

오드리 [혼돈스러워 하면서] 내가 정숙하지 않기를 바라는 거예요?

터치스톤 네가 못생기지 않았다면 정숙하게 되기를 원치 않아. 정숙함과 20 아름다움이 결합하는 것은 설탕에 꿀을 바르는 격이야.

제이키즈 [방백으로] 뼈있는 말을 하는 바보네.

오드리 [경건하게] 나는 예쁘지 않지만 정숙하기를 원해요.

터치스톤 사실이야. 못생긴 얼간이가 정숙한 것은 더러운 접시에 좋은 음식을 담는 것과 같아. 25

오드리 [얼간이라는 말에 화를 내면서] 나는 얼간이가 아니에요. 그러나 못생긴 것에 대해서 감사해요.

터치스톤 [즐거워하며] 너의 못생긴 것에 대해서 신들에게 찬송을 드린다. 후에 얼간이가 된 모양이지. 그렇다 하더라고 너와 결혼을 할게. 이를 위하여 올리버 마텍스트 경과 함께 있었어. 옆 동네 마을의 30 성직자인데 이 숲에서 나를 만난 후 나를 너와 짝지어 주시기로 하셨다.

제이키즈 [방백으로] 이들의 결혼을 보고 싶어.

오드리 신들이여 우리들의 결혼을 축복하소서!

터치스톤 아멘! 소심한 사람이라면 주저할거야. 여기에는 교회는 없고 35 숲만 있고 머리에 뿔 달린 짐승 외에는 사람들도 없으니까. 무슨 상관인가? 용기를 내자. 오쟁이 진 남편[41]이 되는 것은 기분 안

좋은 일이지만 운명에 맡겨야지. 남자들은 얼마나 오쟁이 질을
당하는지 모른다는 말이 있어. 이 뿔은 여자가 가져온 거야. 남자
가 얻으려고 노력하지 않았어. 뿔? 맞아. 가난한 남자만 뿔이 난
다고? 아니야. 품위 있게 생긴 사슴도 비리비리한 사슴만큼 뿔
이 있어. 미혼인 사람이 축복받았다고? 아니야. 성곽을 가진 도시
가 시골보다 더 가치 있듯이 결혼한 남자의 이마가 총각의 생 이
마 보다 영광스러워. 싸움을 피하기보다는 방어기술이 있는 것이
더 낫지. 뿔이 무서워 결혼을 안 하는 것 보다는 위험을 감수하고
라도 결혼을 하는 편이 낫지.

올리버 마텍스트가 등장한다.

여기 올리버 마텍스트 경이 등장하네. [올리버에게] 외곡의 대가 올
리버 경, 잘 오셨습니다. 이 나무 밑에서 주례를 봐 주실까요. 아
니면 올리버 경의 교회로 같이 가실까요?

올리버 마텍스트 이곳에는 신부를 신랑에게 인도할 사람이 없는가?
터치스톤 다른 남자에게서 여자를 받아들이지 않겠습니다.[42]
올리버 마텍스트 신부를 신랑에게 주지 않으면 그 결혼은 불법이네.
제이키즈 [앞으로 나온다] 계속해. 계속해. 내가 신부를 인도하겠네.

---

41. cuckold라는 말은 남편을 둔 아내가 부정을 저지르는 것을 말한다. 부정한 아내를
둔 남편을 오쟁이 진 남편이라고 부른다. 오쟁이 진 남편을 머리에서 뿔이 난다고
표현하였다.
42. 영어의 give the woman은 신부를 신랑에게 인도한다는 뜻이다. 터치스톤은 오드
리가 이미 다른 남자에게 자신을 주었을 경우 결혼하지 않겠다고 말한다.

터치스톤 안녕하세요, 누구시더라. 이름[43]이? 처음 뵙겠습니다. 잘 오셨
습니다. 지난번에 만났죠. 여기서 다시 만나게 되어 기쁩니다. [제   55
이키즈가 모자를 벗는다.] 손에 물건을 들고 계십니다. 모자를 다시 쓰
십시오.

제이키즈 광대야, 결혼하고 싶니?

터치스톤 [어깨를 으쓱하면서] 소는 멍에를, 말은 재갈을 매는 방울을 가지
듯이, 남자에게는 욕정이 있습니다. 비둘기가 부리를 비비듯이   60
결혼이란 동침이죠.

제이키즈 너는 지체 높은 집안 출신으로서 거지처럼 나무 밑에서 결혼하
려고 하니? 교회로 가라. 결혼예식을 아는 사제에게 가라. 이 사
람은 벽에 나무 판자대기를 대는 것처럼 두 사람을 짝지어 줄 뿐
이야. 처리를 하지 않은 목재가 그렇듯이 두 사람 중 하나는 맞지   65
않아서 모양새를 잃고 뒤틀리게 돼.

터치스톤 [방백으로] 다른 사제에게 주례를 부탁하는 것이 이 사제에게 주
례를 부탁하는 것보다 나은지 알 수 없지만 이 사제가 주례를 보
는 것이 불법이고 결혼식이 불법이라면 아내를 버릴 수 있는 좋
은 핑계가 되는 거야.   70

제이키즈 나와 함께 가면
내가 가르쳐 주마.

터치스톤 오너라. 사랑스런 오드리.
결혼하지 않으면 죄를 지어야 해. 올리버 님, 안녕히.

---

43. 영어의 Jacques는 jakes로 발음되기도 하는데 후자는 화장실이란 뜻이다. 터치스톤
은 jakes를 발음 안 하려고 애쓴다.

[노래를 부르며 춤을 춘다.]

75 *사랑스런 올리버*[44]

잘생긴 올리버

나를 두고 가시 마세요.

[노래하지 않고 말한다.]

가세요

가시라니까요.

80 *당신과 결혼하지 않겠어요.*

터치스톤이 오드리와 제이키즈와 함께 퇴장한다.

올리버 마텍스트 [방백으로] 신경 쓰지 않겠어.

이렇게 미친놈들 때문에

내가 성직을 포기하지 않아.   모두 퇴장한다.

---

44. 터치스톤은 "사랑스런 올리버"라는 제목의 발라드를 부른다.

4장

아든 숲

로잘린드가 개니미드로, 실리아가 에일리아나로 분장하고 등장한다.

로잘린드 [괴로워하며] 나한테 말 걸지 마. 나 울 거야.

실리아 그렇게 해. 그러나 눈물은 남자한테 어울리지 않는다는 것을 기억해.

로잘린드 내가 울어야 할 이유가 있다고 생각하지 않아?

실리아 누구든 원하면 울 수 있어. 울어.   5

로잘린드 [울음을 터뜨리면서] 그의 머리색은 거짓의 색이야.[45]

실리아 유다의 머리보다는 갈색이야. 그렇지만 그의 키스는 유다처럼 위선적이야.

로잘린드 [옹호하면서] 아니야. 그의 머리는 멋있는 색이야.

실리아 [놀리면서] 훌륭한 색이지. 그 빨간색은 가장 좋은 색이지.   10

로잘린드 그의 키스는 영성체처럼 신성해.

실리아 [기꺼이 동의하면서] 그가 다이애나가 버린 차가운 두 입술을 샀어. 차가운 정절을 지닌 수녀들의 키스도 이보다 더 종교적이지는 않을 거야. 그의 키스는 얼음장 같았고 순결했어.

로잘린드 [신음하면서] 오늘 온다고 서약하고서는 왜 안 오는 거지?   15

---

45. 올란도는 빨간 머리를 가졌다. 예수를 배반한 유다의 머리는 빨간색이었다.

실리아 [놀리면서] 맞아. 그는 거짓말쟁이야.

로잘린드 [두려워하며] 그렇게 생각하니?

실리아 그렇게 생각해. 그가 소매치기도 아니고 말 도둑도 아니지만 사랑에 관해서는 뚜껑을 덮어둔 잔처럼, 벌레가 먹은 밤처럼 속이 비었어.

로잘린드 믿을 만하지 못하다고?

실리아 그래. 그가 사랑한다는 말을 믿을 수 없어. 그런데 그가 지금은 사랑하고 있지 않아.

로잘린드 너도 그가 사랑한다고 강조하는 것을 들었잖아.

실리아 과거에 사랑한다고 지금 사랑하는 것은 아냐. 연인의 맹세는 술집주인의 맹세와 같은 거야. 두 사람 다 잘못된 것을 옳다고 하니까. 그가 이 숲에서 언니 아버지인 공작님을 따르고 있어.

로잘린드 공작님을 어제 만나서 오래 동안 대화를 나누었어. 공작님이 나에게 부모님에 대하여 물어 보셨고 공작님만큼 훌륭하신 분들이라고 말하자, 웃으시고는 가라고 하셨어. 올란도 같은 남자가 있는데 왜 우리가 아버지에 대해서 이야기하는 거지?

실리아 [조롱하면서] 그는 멋진 남자야. 시를 잘 쓰고 말을 잘하고 연인의 가슴을 비껴가는 맹세를 하는 것을 보면 풋내기 마상시합선수가 정면으로 공격하지 못하고, 측면으로 공격하다가 창을 부러뜨리는 바보짓을 하는 것과 같아. 어리석은 짓을 해도 젊다는 이유로 멋있게 보이는 거야.

코린이 등장한다.

이 사람이 누구야?

코린 신사 숙녀 분, 사랑에 대하여 슬퍼한
목자에 대하여 물어보셨습니다.
그가 내 옆의 잔디에 앉아서 40
거만하고 무시하는 양치기
애인을 칭찬하는 것을 보았습니다.

실리아 그래요. 그가 어떻게 되었어요?

코린 진정으로 사랑하는 남자의 창백한 얼굴과
얼굴이 상기되어서 무시하고 거절하는
여자 사이에서 벌어지는 진정한 연기를 45
보시기 원하신다면 조금만 가십시오.
원하신다면 내가 안내하겠습니다.

로잘린드 [실리아에게] 가자 여기를 떠나자.
사랑하는 사람들은 다른 연인들의 모습을 보기를 원해.
[코린에게] 우리를 그곳으로 안내하세요.
나도 이들의 연극에 참여하겠습니다. 50

5장

아든 숲의 다른 장소

실비어스와 피비가 등장한다.

실비어스 [울면서 애원한다] 사랑스런 피비, 나를 거절하지 말아요,
그러지 말아요, 피비. 나를 사랑하지 않는다고 말해요
그러나 분노조로는 말고요.
보통의 망나니가 죽음에 대해서 무감각하지만
5   먼저 용서를 구하는 겸손한 사람 목을 치지는 않아요.
당신은 피를 흘리며 사람을 죽이는 사람보다
더 잔인할건가요?

로잘린드가 개니미드로, 실리아가 에일리아나로 변장하여 등장하고,
코린도 등장한다. [이들은 옆에서 엿본다.]

피비 [차갑게 조롱조로] 나는 당신의 망나니가 아니야.
당신에게 상처를 주고 싶지 않아 피할 뿐이야.
10   내 눈에 살기가 돈다고 말을 하지만
상당히 그럴 수 있고 가능한 일이야.
눈은 가장 부서지기 쉽고 가장 약하고
작은 먼지에도 눈꺼풀을 닫아서 보호하기 때문에

독재자라 백정이라 살인자라고 불러.
내가 온 마음으로 당신에게 인상을 쓰고   15
내 눈이 당신에게 상처를 준다면
그렇게 하도록 내버려둬.
기절하는 척 해! 넘어져!
그렇게 할 수 없다면 내 눈이 살인자라고
말한 것을 부끄러워해 부끄러워해.   20
내가 입힌 상처를 보여줘.
핀으로 긁어봐, 상처가 남잖아.
풀밭에 누워봐.
얼마동안 손바닥에 자국이 생기잖아.
내 눈으로 당신을 쏘아 보았지만   25
당신에게 상처를 주지 않았어.
내 눈은 당신을 해칠 힘이 없어.

실비어스 [신음하며] 사랑하는 피비
미래에 한번만이라도, 그리고 가까운 미래에
당신이 새로운 사람과 사랑에 빠진다면   30
사랑의 날카로운 화살이 만든
보이지 않는 사랑의 상처를 알게 될 거요.

피비   그때까지는
내 옆에 오지 마. 때가 되면 모욕으로 나에게 고통을 줘.
내가 당신을 불쌍히 여기지 않는 것처럼
나를 불쌍히 여기지 마.   35

로잘린드 [앞으로 나오면서 비웃듯이]

자 나에게 이야기 해봐. 불쌍한 사람에 대하여

모욕주고 자만하는 당신은 도대체 누구야?

아름답지도 않은 주제에 솔직히 이야기하지만

당신의 미모를 보기 위하여

40 촛불을 밝힐 필요가 없어.

그런데도 거만하고 인정머리 없어?

아니, 이게 무슨 뜻이지? 왜 나를 쳐다보는 거야?

당신은 자연의 여신이 싸구려로 만든

평범한 사람에 불과해. 하나님 나를 도와주세요.

45 이 여자가 내 눈을 뚫어지게 보고 있네.

절대로 아니야. 거만한 아가씨, 그것은 꿈꾸지도 마.

당신의 검은 눈썹과, 당신의 부드러운 검은 머리와

당신의 튀어나온 눈과, 크림색의 볼 때문에

당신을 경배하지 않아.

50 [실비어스에게] 바보목동, 바람과 비를 쏟아내는 남풍 같은

저 여자를 왜 좇아 다니나?

저 여자가 여성다운 것보다 당신이 몇 천배 남성다워.

당신 같은 바보들 때문에 이 세상이

못생긴 아이들로 가득하게 되잖아.

55 이 여자에게 아첨을 떠는 것은 거울이 아니라 당신이야.

이 여자는 자신의 얼굴이 아니라 당신 때문에

자신이 잘 낫다고 믿고 있는 거야.

[피비에게] 아가씨, 당신 자신을 알고 무릎을 꿇어.

[피비가 로잘린드에게 무릎을 꿇는다.]

좋은 남자의 사랑을 얻게 해달라고 금식하면서

하늘에 감사해. 내가 친구로 말하건대 팔라고 할 때 팔아,   60

모든 사람이 원하는 것이 아니야.

그에게 사과하고 그를 사랑하고 그의 청혼을 받아들여.

못생긴 것을 봐 줄 수 없을 때는 거만할 때야.

[실비어스에게] 양치기야, 그녀를 받아줘. 모두 안녕.

피비 [수줍어하면서] 미남 총각님, 나를 일 년 동안 꾸짖어 주세요.   65

이 남자에게 구애하느니 차라리 당신에게 야단을 맞겠어요.

로잘린드 [피비에게] 저 남자는 너의 추함을 사랑하고 [실비어스에게] 저 여

자는 내 분노를 사랑하네. 그렇다면 저 여자가 당신에게 인상을

쓸 때, 나는 차가운 말로 그녀를 괴롭혀야지.

[피비에게 화가 나서] 왜 나를 그런 눈으로 쳐다봐?   70

피비 [유혹하듯이 웃으면서] 당신에게 나쁜 감정이 없으니까요.

로잘린드 바라건대 나를 사랑하지 마.

나는 술을 먹고 맹세할 때보다 더 거짓되다고.

당신을 좋아하지도 않아.

[실비어스에게] 내 집을 알고 싶다고 했는데

올리브나무숲 가까이 있어.   75

[실리아에게] 그리로 갈까, 동생아? [실비어스에게] 양치기야, 열심히

구애해.

[실리아에게] 자, 동생아, 이리로, [피비에게] 양치기 여자야, 그를 좋

게 생각해.

교만 떨지 마. 세상 사람이 다 아는데도 불구하고

이 남자만이 제대로 보지 못하고 있어.

[실리아, 코린에게] 자, 양떼들에게 가자.

로잘린드, 실리아, 코린 퇴장한다.

피비   [땅이 꺼질 듯이 한숨을 쉬며] 죽은 목자[46]여, 이제 당신의 격언이 얼마

나 사실인지 알겠습니다:

"진정으로 사랑하는 자치고 첫눈에 사랑하지 않은 자 있었던가?"

실비어스   아름다운 피비 —

85 **피비**   [생각을 방해한 실비어스에게 화가 나서] 하? 너 지금 무어라고 했니, 실

비어스?

실비어스   아름다운 피비, 나를 불쌍히 여겨줘.

피비   미안해, 착한 실비어스.

실비어스   [희망을 가지고] 슬픔이 있는 곳에 치유가 있어.

90   내 사랑의 고통에 대해 미안하다면

당신이 나를 사랑할 때 당신의 슬픔과

나의 고통이 다 사라질 거야.

피비   내 사랑을 가져. 친구로 지내면 충분하지 않아?

실비어스   나는 너를 갖고 싶어.

피비   그것은 탐욕이야!

95   내가 너를 미워한 때가 있었어 —

---

46. 셰익스피어와 동시대 극작가인 크리스포터 말로우를 지칭한다. 다음 행의 구절은
말로의 『헤로와 레안더』 1.176에서 인용한 것이다.

그러나 지금도 너를 사랑하지는 않아.

네가 사랑에 대해서 너무 잘 이야기하기 때문에

사랑하지는 않지만 너하고 같이 있는 것을 참겠어.

나에게는 좀 어색하지만 말이야 이를 견디겠어.

너에게 할 일을 말할 거야. 그러나 나를 위해서 일한다는   100

기쁨 이상의 보상을 바라지 마.

실비어스 [웃음을 띤 겸손함으로] 내 사랑이 성결하고 완벽한데 비해서

내가 받은 은혜는 너무 작아서

처음 추수하는 사람 뒤에서

이삭을 줍는 사람이   105

더 많이 거둔다는 생각이 들어.

가끔 미소를 보내줘. 그걸 받아서 살 테니까.

피비 [실비어스의 대답에 무관심한 척 하면서] 조금 전에 나에게 말한 젊은이

를 알아?

실비어스 잘 몰라. 종종 만난 적이 있어.   110

한때 칼롯노인이 소유했던

오두막과 땅을 샀대.

피비 물어 본다고 해서 그를 사랑한다고 생각하지 마.

어린애 같은 사람이야. 말은 잘하던데.

나는 말에 대해서 상관 안 해. 말하는 사람이 듣는 사람을   115

기쁘게 해준다면 말이 효과가 있는 거지.

잘생긴 사람이야—아주 잘생긴 것은 아니지만—

거만해, 하지만 거만이 그에게 어울려.

훌륭한 사람이야. 그의 가장 좋은 점은 얼굴표정이야.
120 말로 상처를 주자마자 눈으로 치료를 해줘.
키는 크지 않지만 나이에 비해서는 큰 편이야.
두 다리는 보통이지만 훌륭한 다리야.
입술은 진한 진홍색인데
볼의 색깔보다 더 진하고 건장해.
125 입술은 온통 진홍색인 반면에
볼은 하얀색과 진홍색이 섞여 있다는 점이 차이야.
실비어스, 여자들이 나처럼 그를
하나하나 뜯어보았다면
거의 그를 사랑하게 될 거야.
130 그러나 나는 그를 사랑하지 않아.
그렇다고 미워하는 것도 아니야.
하지만 그를 사랑하기보다는 미워할 이유가 더 많아.
그가 무슨 이유로 나를 면박 준 거야?
기억이 나는데 내 눈이 검정색이고
135 내 머리가 검은색이라고 나를 면박 주었잖아.
왜 내가 대꾸를 하지 않았는지 이상해.
개의치 않겠어. 침묵이 용서는 아니니까.
그에게 모욕적인 편지를 쓸 테니까
그것을 전달해 줘. 그렇게 할 거야 실비어스?
140 **실비어스** [피비를 도와 줄 있다는 것을 기뻐하며] 피비, 힘껏 할께.
피비 금방 쓸 거야.

내용이 내 머리와 내 가슴에 있어.

나쁘게 쓰고 아주 짧게 쓸 거야.

함께 가자, 실비어스. 모두 퇴장한다.

4막

1장

아든 숲

로잘린드가 개니미드로, 실리아가 에일리아나로 분장해서 들어오고
제이키즈도 등장한다.

제이키즈 잘생긴 젊은이, 자네와 친해지고 싶네.

로잘린드 사람들이 당신을 우울남이라고 합니다.

제이키즈 그렇다네. 웃는 것보다는 우울한 것을 더 좋아하지.

로잘린드 한쪽 기운이 너무 지나치면 재수 없는 사람입니다. 주정뱅이
보다 더 못하다는 소리를 듣게 됩니다.

제이키즈 진지하고 아무 말도 안 하는 것이 좋은 걸.

로잘린드 말뚝이 되는 것이 좋겠습니다.

제이키즈 나의 우울은 질투에서 나오는 학자의 우울도 아니고, 환상에서
나오는 음악가의 우울도 아니고, 거만에서 나오는 궁중대신의 우
울도 아니고, 야망에서 나오는 군인의 우울도 아니고, 교활에서
나오는 의회의원의 우울도 아니고, 변덕에서 나오는 숙녀의 우울
도 아니고 이 모든 것을 합한 연인의 우울도 아니라네. 이는 나
자신만이 가지고 있는 것이고 여러 가지 요소가 복합된 것으로
서, 내가 여행하면서 본 여러 대상에서 나온 것이라네. 이런 것들
을 생각하면 마음이 변하여 우울하게 된다네.

로잘린드 여행이라고요! 우울할 충분한 이유가 있습니다. 다른 사람들이
　　　사는 땅을 보기 위하여 자신의 땅을 팔지는 않았나 걱정됩니다.
　　　많은 것을 보았으나 아무것도 가지지 않은 것은 좋은 눈을 가지
　　　고 있으나 가난한 손을 가지고 있는 것입니다.

제이키즈 그렇지만 나는 많은 경험을 했어. 　　　　　　　　　　　　20

올란도가 등장한다.

로잘린드 당신은 경험 때문에 우울하게 되었습니다. 나는 경험 때문에
　　　우울하게 되느니 광대를 두어 명랑하게 살겠습니다. 당신은 우울
　　　하게 되기 위하여 여행을 했습니다.

올란도 [개니미드로서 로잘린드인 척하는 로잘린드에게] 행복한 날입니다. 사랑하
　　　는 로잘린드. [로잘린드는 못 들은 척 한다] 　　　　　　　　　　25

제이키즈 [올란도에게] 그게 아냐. 자네들이 무운 약강5보격으로 이야기
　　　한다면 나는 떠나겠네.

로잘린드 [제이키즈에게] 안녕, 여행가 아저씨. 외국식 발음을 하고 낯선 옷
　　　을 입으세요. 당신 나라의 혜택을 버리고 자신의 태생을 무시하
　　　고 당신을 영국사람으로 만든 하나님을 원망하세요. 그렇게 하지 　30
　　　않으면 당신이 곤돌라를 탔다는 것을 믿지 않겠습니다. [제이키즈
　　　퇴장한다] 어쩐 일이야, 올란도. 그동안 어디 있었습니까? 당신 사
　　　랑에 빠진 것 맞나요? 이런 식으로 나를 대할 거면 다시는 내 앞
　　　에 나타나지 마십시오!

올란도 나의 아름다운 로잘린드, 단지 한 시간 늦었을 뿐입니다. 　　　35

로잘린드 한 시간이나 늦다니요? 일분을 천개로 쪼갠 천분의 일 분이라

도 늦는다면 그 사람은 큐피드의 관심을 살 수는 있지만 그의 지
배를 받는 사람은 아닙니다.

올란도 나를 용서해 주십시오, 아름다운 로잘린드.

40 **로잘린드** 그럴 수 없습니다. 그렇게 늦을 거면 다시는 내 앞에 나타나지
마십시오. 달팽이의 구애를 받는 편이 낫습니다.

올란도 달팽이라니요?

로잘린드 그래요 달팽이 말입니다. 달팽이는 천천히 오지만 집⁴⁷을 이고
옵니다. 달팽이가 여자보다 팔자가 좋습니다. 여자는 남편이 죽

45 기까지 집을 공동으로 소유해야 합니다. 그뿐입니까 달팽이는 자
신의 운명을 받아들입니다.

올란도 무슨 뜻입니까?

로잘린드 간통 말입니다. 당신 같은 남편은 아내에 대해서 비난합니다만
달팽이는 이미 더듬이를 가지고 있어서 아내의 수치에 대해서 관

50 심을 두지 않습니다.

올란도 순결한 여자라면 남편을 오쟁이 진 남편으로 만들지 않습니다.
내가 사랑하는 로잘린드는 순결한 여자입니다.

로잘린드 나는 당신의 로잘린드입니다.

실리아 [두 사람 사이의 대화에 끼어들며] 저 사람이 오빠를 그렇게 부르지만

55 오빠보다 더 아름다운 로잘린드를 사귀고 있어.

로잘린드 자, 나에게 구애하십시오. 내가 축제분위기에 있기 때문에 이

---

47. 원문의 horns는 오쟁이 진 남편과 달팽이의 더듬이를 동시에 가리킨다. 뿔은 부정
한 여자를 둔 남편을 뜻하는 말이다. 달팽이는 더듬이를 가지고 있기 때문에 오쟁
이 진 남편이 되는 것을 운명으로 받아들인다는 내용이다.

를 받아들이겠습니다. 내가 당신의 로잘린드가 된다면 무엇을 말하겠습니까?

올란도 말하기 전에 키스를 하겠습니다.

로잘린드 아닙니다. 먼저 말하는 것이 좋습니다. 할 이야기가 없으면 그 60
때 키스할 수 있습니다. 훌륭한 연설가는 할 말을 잊어버릴 경우,
침을 뱉습니다. 연인이 할 말이 없을 때 취할 수 있는 깨끗한 행
동은 키스하는 겁니다.

올란도 키스를 거절당하면 어떻게 해야 합니까?

로잘린드 간청해야 합니다. 새로운 것에 대하여 이야기해야 합니다. 65

올란도 누가 사랑하는 여자 앞에서 말문이 막히겠습니까?

로잘린드 내가 당신의 여자라면 당신이 그렇게 될 겁니다. 그렇지 않다
면 내가 매력적이지 않고 정숙하기 때문입니다.

올란도 내가 옷을 벗는다고요?[48]

로잘린드 옷을 벗는다고 하지 않았고 말문이 막힌다고 말했습니다. 내가 70
당신의 로잘린드인 것이 맞습니까?

올란도 그녀와 말하고 싶으니 기쁘게 당신을 로잘린드로 받아들이겠습
니다.

로잘린드 내가 그녀로서 말하는 건대 나는 당신을 원하지 않습니다.

올란도 그러면 나 올란도는 죽습니다. 75

로잘린드 그러지 마시고 변호사더러 대신 죽으라고 하세요. 이 가련한
세상은 거의 육천년이 되었지만 지금까지 사랑의 슬픔 때문에 스

---

48. 원문의 out of suit를 로잘린드는 "말문이 막히다"로 올란도는 "옷을 벗는다"로 해
석하고 있다.

스로 죽은 사람은 없습니다. 트로일러스는 사랑을 위하여 죽으려
고 했지만 실제로는 그리스인이 휘두른 곤봉에 맞아 죽었습니다.
그는 사랑의 표본입니다. 뜨거운 하지의 밤이 없었더라면 레안더
는 헤로가 수녀가 되었음에도 불구하고 즐겁게 수년을 더 살았을
것입니다. 이 훌륭한 젊은이는 헬레스폰트 바다에서 해수욕을 하
러갔다가 쥐가 나서 익사했습니다. 당시의 어리석은 역사가들은
그가 죽은 원인이 세스토스의 헤로 때문이라고 말합니다. 그러나
이 이야기는 전부 거짓말입니다. 사람들이 죽어서 구더기의 먹이
가 된 경우가 있지만 사랑 때문에 죽지는 않았습니다.

올란도 나의 진실한 로잘린드가 이렇게 생각하지 않았으면 좋겠습니다.
그녀가 얼굴을 찌푸리면 죽을 것 같습니다.

로잘린드 이 손에 맹세하건데 그녀는 파리 한 마리도 죽일 수 없습니다.
자, 기분 좋게 당신의 로잘린드가 되겠으니 무엇이든지 요구하시
면 들어 주겠습니다.

올란도 나를 사랑해 주시오, 로잘린드.

로잘린드 물론이죠, 금요일도 토요일도 나머지 날에도 사랑하겠습니다.

올란도 나를 받아주겠습니까?

로잘린드 물론이죠, 당신과 같은 20명을 더 받아들이겠습니다.

올란도 [놀라서] 무슨 말입니까?

로잘린드 당신은 좋은 분이 아닌가요?

올란도 그렇게 생각합니다.

로잘린드 좋은 것을 많이 가지면 안 되나요? [실리아에게] 동생아, 사제가
되어 우리 결혼의 주례를 보아주겠니. [올란도에게] 올란도, 손을

잡아 주세요. [실리아에게] 주례를 서 주겠니, 동생아.

올란도 [에일리아나에게] 결혼시켜 주세요.

실리아 나는 주례를 볼 수 없어.

로잘린드 이렇게 시작하면 된다. "올란도군은—"

실리아 [조급하게] 계속해. "올래도군은 여기 있는 로잘린드양을 신부로 105 맞이하겠습니까?"

올란도 그렇게 하겠습니다.

로잘린드 언제요?

올란도 자 지금요 나와 결혼하는 즉시로 그렇게 하겠습니다.

로잘린드 그러면 "로잘린드, 당신을 아내로 맞이합니다"라고 말해야 합 110 니다.

올란도 [순종적으로 따라하면서] "로잘린드, 당신을 아내로 맞이합니다."

로잘린드 당신이 나를 데려갈 어떤 권한이 있는지 물어야 하겠지만 당신 을 남편으로 받아들입니다. 신부님이 말씀하시기 전에 내가 먼저 말했습니다. 여자의 생각은 행동보다 앞섭니다. 115

올란도 모든 생각은 다 그렇습니다. 날개가 달렸어요.

로잘린드 그녀와 결혼한 후 얼마나 오랫동안 같이 살겠습니까?

올란도 [열정적으로] 영원하고도 하루 동안.

로잘린드 영원이라는 말을 빼고 하루 동안이라고 하십시오. 남자는 청혼 을 할 때는 4월이지만 결혼을 하면 12월이 됩니다. 여자는 처녀 120 일 때는 5월이지만 아내가 되면 하늘이 변합니다. 나는 바바리산 비둘기가 수컷에 대하여 시기하는 것 보다 더 질투를 하고, 앵무 새가 비가 오기 전에 시끄러운 것 보다 더 크게 시끄럽게 하고,

원숭이보다 더 새로운 것을 좋아하고, 유인원보다 더 변덕을 떨 겁니다. 다이아나가 연못에서 그런 것처럼 당신이 기분 좋을 때 아무것도 아닌 일에 울 겁니다. 당신이 자고 싶을 때 하이에나처 럼 웃을 겁니다.

올란도 그런데 나의 로잘린드가 그렇게 하겠다고요?

로잘린드 맹세컨대 그렇게 할 것입니다.

130 **올란도** 그녀는 현명합니다.

로잘린드 현명하기 때문에 영리한 겁니다. 여자는 영리할수록[49] 제 멋대 로 행동합니다. 여자의 영리함을 막으면 창문으로 날아가 버립니 다. 창문을 닫으면 열쇠 구멍을 통해서 나갑니다. 여기도 막으면 굴뚝을 통해서 연기로 나갈 겁니다.

135 **올란도** 이런 영리함을 가진 아내를 둔 남자는 "도대체 어디까지 영리한 척 하려는 거야"라고 말해야 하겠습니다.

로잘린드 아닙니다. 영리한척 하는 것에 눈감아 주다가 이웃남자와 동침 하면 그 때 야단을 치십시오.

올란도 부정한 여자가 이에 대해서 어떤 기발한 변명을 늘어놓을까요?

140 **로잘린드** 글쎄요, 당신을 찾으러 그곳에 갔다고 둘러 대겠지요. 아내가 혀를 가지고 있는 한 아내를 잡으면 변명을 듣게 될 겁니다. 자신 의 잘못을 남편 탓으로 돌릴 줄 모르는 아내는 애를 키우게 해서 는 안 됩니다. 이런 여자는 애기를 바보로 키울 테니까 말이죠.

올란도 로잘린드, 두 시간 동안 자리를 비우겠소.

145 **로잘린드** 사랑하는 당신, 당신 없이 두 시간 동안 지낼 수 없습니다.

---

49. 원어의 wit는 영리함과 생식기관의 두 가지 뜻을 가지고 있다.

올란도 공작님과 점심을 같이 먹어야 합니다. 2시까지는 돌아오겠소.

로잘린드 그렇게 하세요. 당신이 이렇게 나올지 알았습니다. 내 친구들
도 그렇게 이야기했고 나도 그렇게 생각했습니다. 당신이 나에게
아첨을 떨어서 내 마음을 얻었습니다. 나도 버림받은 사람 중의
하나이고 이제 죽고 싶습니다. 두시에 돌아오겠다고요?   150

올란도 사랑스런 로잘린드, 그렇소.

로잘린드 위험하지 않은 맹세를 걸고 진심으로 솔직하게 이야기 합니다.
하나님 도와주세요. 당신이 눈곱만큼 이라도 시간을 어기거나,
당신이 말한 시간보다 일분이라도 늦으면 불쌍한 약속위반자로,
허풍선이 애인으로, 당신이 로잘린드라고 부르는 여자의 남편이   155
될 가치가 없는 인물로 여기겠습니다. 당신은 흔하게 볼 수 있는
시정잡배의 한사람이 되는 겁니다. 내가 한 말을 조심하고 약속
을 지키세요.

올란도 당신을 진짜 로잘린드로 생각하고 진실하게 약속합니다. 안녕.

로잘린드 시간은 이런 약속위반자를 심판하는 나이 많은 심판관입니다.   160
시간이 심판하도록 하겠습니다.   올란도 퇴장한다.

실리아 [화가 나서] 언니는 사랑타령에서 우리 여성들을 비하했어. 우리가
언니의 조끼와 긴 양말을 벗겨서 사람들에게 여자 망신은 여자가
시킨다는 것을 보여 주었어야 했는데.

로잘린드 [신음하며] 실리아, 실리아, 실리아, 내 사랑하는 동생, 내가 얼마   165
나 깊은 사랑에 빠졌는지 알잖니. 그러나 그 깊이를 잴 수 없어!
내 사랑은 포르투갈만처럼 깊이를 알 수 없어.

실리아 [무덤덤하게] 아마도 밑 없는 그릇 같아. 한쪽에서 사랑을 위에서

쏟아 부으면 다른 쪽으로 흘러간다고.

170 **로잘린드** 아니야, 분노와 우울로 잉태하고 실성으로부터 태어난 비너스
여신의 사악한 서자는, 자신이 앞을 보지 못하기 때문에 다른 사
람의 눈에 장난질치는 장난기 어린 소년은, 내가 얼마나 깊이 사
랑에 빠진지 알 거야. 에일리아나, 너에게 말하는데 나는 그를 못
보면 못살아. 그늘진 곳에 가서 그가 올 때가지 한숨 쉬고 있을
175 거야.

실리아 나는 잘게.　　　　　　　　　　　　　　모두 퇴장한다.

2장

아든 숲

제이키즈, 대신들과 산림관리원들이 등장한다.

제이키즈 사슴을 죽인 자가 누구냐?

대신 1 접니다.

제이키즈 [다른 사람들에게] 이 사람을 공작님에게 로마의 정복자인양 보내
게. 승리의 월계수 대신에 머리에 사슴의 뿔을 얹어 놓으면 어울
리겠는걸. [산림관리원 1에게] 이 일을 위해 부를 노래가 없나?　　5

산림관리원 1 있습니다.

제이키즈 불러 보게. 소리가 크면 되니까 곡조가 안 맞아도 괜찮네.　음악

산림관리원 1 [노래 부른다.]

　　사슴을 죽인 자는 무엇을 가져야 하나요?

　　사슴의 가죽을 입히고 뿔을 달아 주세요.

　　그가 집으로 갈 때 노래 불러주세요.　　　　　　　　　　　10

제이키즈 나머지는 다음의 후렴50을 부르자.

　　[모두 노래한다.]

---

50. 영어의 burden은 bourdon과 혼용되었는데 이로 인해 이 단어는 1. 저음, 반주곡,
후렴 2. 오쟁이 진 남편의 이마에 달린 뿔 3. 죽은 사슴을 나타내는 소품 4. 사슴의
뿔을 가지고서 신하의 어깨에 올라탄 배우 등을 지칭한다. 여기서는 1번의 뜻을 채
택하였다.

뿔을 달고 다니는 것에 대해 비난하지 말지니

당신이 태어나기도 전에 단 표시[51] 라네.

당신의 아버지의 아버지도 이를 달았고

당신의 아버지는 이를 견디었고

뿔, 뿔, 혈기왕성한 뿔은

비웃음의 대상이 아니라네.   모두 퇴장한다.

15

---

51. 원문의 crest는 머리, 배지의 의미를 가지고 있다.

3장

아든 숲

개니미드로 분장한 로잘린드와 에일리아나로 분장한 실리아가 등장한다.

로잘린드 이미 두시가 지났잖아. 올란도의 그림자도 보이지 않네.

실리아 [조롱하면서] 내가 장담하건대 그가 완전한 사랑을 생각하느라 머리가 복잡하다는 핑계로 활과 화살을 들고 자러 갔어.

실비어스가 편지를 가지고 등장한다.

여기 누가 오는데.

실비어스 [개니미드에게 편지를 전달하면서] 젊은이, 당신에게 할 말이 있습니다. 5
내 사랑스런 피비가 이것을 전해달라고 했어요.
내용은 모릅니다만 추측하기로는
그녀가 이 편지를 쓸 때 취했던
근엄한 얼굴과 화난 몸짓으로 보아서
분노를 표시한 것 같소. 용서하시오, 10
저는 단지 죄 없는 전달자에 불과합니다.

로잘린드 [화를 내면서] 인내도 이 편지를 보고는 놀랄 거야.
그리고 싸움을 할 거야. 이를 참을 수 있으면 모든 것을 참을 수 있겠네.

내가 아름답지 않고 매너가 부족하다고,
15 내가 거만해서 남자가 불사조처럼 귀하더라도
나를 사랑하지 않겠다고. 이럴 수가.
내가 그녀의 사랑을 얻기 위하여 한 일이 없는데
왜 이런 편지를 썼을까?
양치기, 이 편지는 당신이 지어낸 거지.
20 **실비어스** 아닙니다. 저는 내용은 모릅니다.
피비가 썼습니다.
로잘린드 그렇구나, 당신은 바보야.
가장 멍청한 바보야.
내가 그녀의 손을 보았는데 거친 손이었어.
25 갈색이었고 오래된 장갑을 끼고 있지 않았어.
그러나 그녀의 손이었어. 여자의 손이었어.
그것은 중요하지 않아. 내가 말하고자 하는 것은
그녀가 이 편지를 쓴 것이 아니라
남자가 썼고 남자의 필적이라는 거야.
30 **실비어스** [고집스럽게] 단언컨대, 그 것은 그녀가 쓴 것입니다.
로잘린드 [고개를 저으며] 이는 거칠고 잔혹한 어투야.
싸움꾼에게나 어울리는 내용이야.
터키인들이 기독교인에게 하듯이 나에게 도전했어.
여자의 부드러운 머리에서 이처럼
35 예의에 어긋나는 내용이 나올 수가 없어.
에티오피아인의 얼굴보다 더 무서운 내용을 듣겠습니까?

실비어스 그렇게 하겠습니다. 아직 들어보지 못했습니다.

피비의 표독함에 대해서는 익히 알고 있습니다.

로잘린드 그녀가 나를 모독하고 있어. 독재자가 이렇게 썼어.

[읽는다.]

당신이 목자로 변한 신이라서   40

처녀의 마음에 불을 질러 놓았나요?

[실비어스에게] 여자가 이렇게 모욕할 수 있습니까?

실비어스 이것을 모욕이라고 봅니까?

로잘린드 [읽는다.]

아, 신의 모습을 버리고는

여자의 심장과 싸움하나요?   45

이런 식의 모욕을 들어 보았습니까?

다른 남자들이 눈으로 나에게 구애할 때도

내 가슴을 아프게 하지 못했어요.

나를 짐승으로 취급하네.

당신의 경멸하는 눈이 내 속에 이런 사랑을   50

지필 수 있는 힘이 있다면

나를 부드럽게 바라볼 때

어떤 놀라운 결과를 낳겠어요?

당신이 나를 미워했지만 나는 사랑했어요

55   그렇다면 당신의 구애는 얼마나 큰 효과를 발휘할까요?

이 편지를 당신에게 전달하는 사람은

내가 당신을 얼마나 사랑하는지 몰라요

결정을 내린 다음에 봉한 편지를

그를 통해 전달해 주세요

60   젊고 사랑이 많은 당신이

나의 진실한 고백을 받아들일지

아니면 그를 통해 내 사랑을 거부할지를요

그런 다음에 어떻게 죽을지 생각해 보겠어요

실비어스 [실망해서] 이것을 꾸지람으로 생각합니까?

실리아   불쌍한 양치기!

65   **로잘린드** [실리아에게] 너 저 남자를 동정하는 거니? 그러지마 저 사람은
동정을 받을 만한 자격이 없어. [실비어스에게] 이런 여자를 사랑합
니까? 당신이 악기인양 당신을 이용하여 엉뚱한 소리를 내는 이
런 여자를 말입니까? 참지 마. 이 여자한테 가. 당신은 사랑 때문
에 길들여진 멍청이가 되었어. 가서 이야기하라고: 그녀가 나를

70   사랑한다면 당신을 사랑하라고 그녀에게 명령했다고. 그녀가 그
렇게 하지 않는다면, 당신이 간청하지 않는 한 그녀의 사랑을 받
아들이지 않겠어. 당신이 진정으로 사랑한다면 말없이 떠나. 여
기 사람들이 오네.   실비어스 퇴장한다.

올리버 등장한다.

올리버 [예의바르게] 멋있는 사람들이여 안녕. 당신들이 안다면

이 숲의 가장자리에 있는 올리브 나무로 둘러싸인   75

양치기의 집이 어디인지 말해 주겠습니까?

실리아 [올리버를 보면서] 이곳에서 서쪽으로 가서 다음 번 골짜기의 파인

곳에 있습니다.

오른쪽에 있는 졸졸 흐르는 시냇가에 심겨진

버드나무를 지나서 있습니다.

그러나 이 시간에는 문이 닫혀 있어요.   80

안에는 아무도 없습니다.

올리버 [에일리아나의 눈을 바라보며] 내가 들은 바와 내가 보는 바가 일치한

다면

당신들은 내가 찾고 있는 사람과

같은 옷을 입고 있고 나이도 같습니다.

"그 남자는 미남이고, 여자 같은 용모를 가졌으며   85

한창나이의 처자처럼 행동하는 반면,

여자는 키가 작고 오빠보다 얼굴이 검다." [로잘린드에게]

당신이 내가 찾고 있는 집의 주인입니까?

실리아 우리에게 물어 보았으니 우리가 그렇다고 사실대로 말합니다.

올리버 올란도가 당신 두 사람에게 인사를 전합니다.   90

그리고 로잘린드라는 젊은이에게 피 묻은 손수건을

보냈습니다. 당신이 그 사람입니까?

로잘린드 [기절하면서] 그렇습니다. 이 손수건이 무슨 뜻이죠?

올리버 [주저하면서] 내가 누구인지, 어떻게, 왜, 어디서

95   이 손수건이 피에 물들게 되었는가를

            말하자니 내가 부끄럽습니다.

실리아   말해주세요.

올리버 젊은 올란도가 당신들과 헤어졌을 때

            그는 한 시간 안에 돌아오겠다고 약속했습니다.

100   그리고는 달콤하고도 쓴 사랑을

            곱씹으면서 숲을 걸어갔습니다.

            자 들어보세요! 그가 눈을 옆으로 돌렸을 때

            어떤 물체가 그의 눈에 들어왔습니다.

            수령이 오래되어 이끼가 끼고

105   수액이 도달하지 않아서

            꼭대기에는 나뭇잎이 없는

            참나무 밑에 한 불쌍한 사람이 있었습니다.

            수염이 더부룩한 그는 누워서 자고 있었습니다.

            초록과 금빛의 한 마리 뱀이 그의 목을 감고서는

110   혀를 날름거리면서 머리를 그의 입으로 향했습니다.

            그러다가 올란도를 보자 몸을 풀고는

            지그재그로 움직이며 관목 밑으로 사라졌습니다.

            그 관목의 그늘 밑에서 한 배고픈 암사자가

            머리를 땅에 대고 엎드리고 있었습니다.

115   자던 사람이 움직이자

사자는 고양이처럼 살펴보았습니다.

동물의 왕인 사자는 죽은 것은

사냥하지 않는 습성이 있습니다.

이를 본 올란도는 그 사람에게 다가갔는데

바로 그가 자기의 형인 걸 알았습니다. 120

실리아 그가 형에 대하여 이야기 한 것을 들었어요.

형이 이 세상사람 중에서

가장 반인륜적인 인물이래요.

올리버   그렇게 이야기 할 수 있죠.

그도 자신이 반인륜적이라는 것을 압니다.

로잘린드   올란도 이야기입니다. 그가 형을 그곳에 내버려 두었습니까? 125

새끼를 잡아먹고도 배고픈 암사자의 먹이가 되도록 말입니다.

올리버 그가 두 번이나 등을 돌려서 가려고 했으나

복수보다 더 고상한 인륜 때문에

정당한 기회보다 더 강한 형제애 때문에

암사자와 싸워서 넘어뜨렸고 130

이 싸움 소리에 나는 어리석은

잠에서 깨어났습니다.

실리아 [실망하면서] 당신이 그의 형인가요?

로잘린드   그가 당신을 구했나요?

실리아 [충격을 받아 몸을 떨며] 당신이 그를 종종 죽이려고 했나요?

올리버 내가 그랬습니다. 그러나 지금은 아닙니다. 135

내가 회개하여 지금의 내가 된 것이 기쁘기 때문에

과거에 그랬다고 말하는 것이 부끄럽지 않습니다.

로잘린드 [걱정하며] 피 묻은 손수건에 대해서 말해주세요.

올리버   곧 하겠습니다.

우리 두 사람이 눈물로 우리들에게 일어난

140   일의 자초지종을 이야기했습니다.

즉 내가 어떻게 이 황량한 장소에 오게 되었는지 이야기 하자,

동생이 나를 고상하신 공작님께 데리고 갔고,

공작님은 나에게 새 옷과 먹을 것을 주셨고,

내 동생에게 나를 돌보라고 하셨고,

145   동생은 즉시 나를 자신의 동굴로 안내하고 나서

옷을 벗자, 암사자가 살점을 물어뜯은

그의 팔에서, 여기입니다, 피가 흘렀습니다.

동생이 기절을 했고 기절을 하면서 로잘린드를 불렀습니다.

간단히 말하자면 나는 동생을 깨어나게 했고,

150   그의 상처를 싸매고, 잠시 후에 기운이 생기자,

동생이 나를 이곳으로 보냈습니다.

내가 당신들을 모르지만 이 이야기를 해서

동생이 약속을 지키지 못한 것에 대해

설명을 하고, 피로 물들여진 이손수건을

155   동생이 재미로 로잘린드라고 부른 목자 청년에게

전달하기 위해서입니다. [로잘린드가 기절한다.]

실리아 괜찮아? 개니미드, 사랑하는 개니미드!

올리버 사람들은 피를 보면 기절하지요.

실리아 그 이상의 뜻이 있어요. 개니미드 언니.[52]

올리버 그가 깨어납니다.

로잘린드 집에 있었으면.

실리아 우리가 그곳으로 데리고 갈게.

[올리버에게] 부탁하는데 오빠 팔을 붙잡아 주시겠어요?

올리버 청년, 기운을 내시오. 당신이 남자 맞습니까?

남자가 용기가 없습니다.

로잘린드   그래요, 사실입니다.

형씨, 사람들은 이것이 연극이었다는 것을 알겁니다. 당신 동생

에게 내가 얼마나 연기를 잘 했는지 말해주십시오. 하하!

올리버 [고개를 저으면서] 이것은 연기가 아닙니다. 당신의 얼굴표정이 이것

이 진지한 감정이라고 말해주고 있습니다.

로잘린드 연기라고 말했습니다.

올리버 [아직도 믿지 못한 채] 용기를 내서 남자흉내를 내십시오.

로잘린드 [어깨를 으쓱하며] 그러죠. 그러나 나는 태생적으로 여자로 태어났

어야 했습니다.

실리아 [로잘린드에게] 이런, 오빠 얼굴이 점점 창백해져. 집으로 가자. [올

리버에게] 우리와 같이 가세요.

올리버 그러게 하죠. 왜냐하면 로잘린드 당신이 내 동생을

용서했는가를 전달해야 하니까.

로잘린드 생각해 보죠. 내가 얼마나 연기를 잘하는지 말해주십시오. 갈

까요?   모두 퇴장한다.

---

52. 실리아는 당황한 나머지 로잘린드를 오빠라고 불러야 하는데 언니라고 부른다.

5막

1장

아든 숲

터치스톤과 오드리가 등장한다.

터치스톤 날을 잡아서 결혼식을 올리자. 오드리. 참아, 사랑스런 오드리.

오드리 진짜요, 그 늙은 신사분[53]은 반대했지만, 그 사제님은 훌륭해요.

터치스톤 오드리, 아주 사악한 올리버 경이야! 아주 못된 마텍스트! 그러나 오드리. 이 숲에 당신이 자신의 것이라고 말하는 젊은이가 있어.

5   **오드리** 그래요, 나도 그가 누구인지 알아요. 그러나 그는 나에 대하여 조금도 권한이 없어요.

윌리엄이 등장한다.

당신이 말하는 사람이 오네요.

터치스톤 [기대에 부풀어서 낄낄대며] 촌뜨기를 보는 것은 더할 나위없는 기쁨이야. 우리처럼 재치 있는 사람들은 책임질 일이 많아. 바보를

10   놀려주어야 해. 참을 수 없어.

윌리엄 [어색하게 인사하며] 아름다운 저녁이야, 오드리.

오드리 너에게도 아름다운 저녁이길, 윌리엄.

터치스톤 아름다운 저녁, 사랑스런 친구여. 모자를 쓰게. 모자를 쓰게.

---

53. 제이키즈를 말한다.

모자를 벗지 말게. 친구 몇 살인가?

윌리엄 25세입니다. 선생님. 15

터치스톤 인생의 황금기네. 자네 이름이 윌리엄인가?

윌리엄 윌리엄입니다, 선생님.

터치스톤 아름다운 이름이네. 여기 숲에서 태어났나?

윌리엄 그렇습니다. 하나님께 감사합니다.

터치스톤 "하나님께 감사합니다"는 훌륭한 대답이네. 부잔가? 20

윌리엄 그저 그렇습니다.

터치스톤 "그저 그렇다"고 말한 것은 좋은, 아주 좋은 대답이야. 훌륭한
대답이야. 하지만 "그저 그렇다"고 했기 때문에 좋은 대답이 아
니야. 자네 지혜가 있나?

윌리엄 그렇습니다. 재치가 많습니다. 25

터치스톤 [판단하듯이 고개를 끄덕이며] 자네 대답 잘했어. 내가 격언이 생각
나는데 바보는 자신이 현명하다고 생각하나, 현자는 자신이 바보
라고 생각한다지. 한 이교도 철학자[54]가 포도를 먹고 싶었을 때
이를 입에 대고 입술을 벌렸지. 포도는 먹으라고 있는 것이고 입
술이란 열리라고 있는 것이지. 자네 이 처녀를 사랑하나? 30

윌리엄 그렇습니다, 선생님

터치스톤 악수를 하세. 자네 교육을 받았나?

---

54. 이 철학자가 누구를 가리키는지 알 수 없다. 터치스톤은 오드리를 포도로 비유하고
있는 듯하다. "창가에 있는 여자는 길가의 포도나무와 같다"라는 속담이 말하듯이
모든 사람들이 오드리를 원한다는 뜻이다. 이 문장은 한편으로 자신의 말을 이해하
지 못한 채 입을 벌리고 있는 윌리엄을 염두에 두고 하는 말로 생각할 수 있다.
(Arden[2] 113)

윌리엄 아닙니다. 선생님.

터치스톤 그렇다면 나에게서 이를 배우게. 가져야 가지는 걸세.[55] 그것을
수사학에서는 수사 장식이라고 하네. 사람이 술을 컵에서 따라서
유리잔에 부었을 때 하나는 채우지만 다른 것은 비우게 되네. 모
든 학자들이 말하듯이 잎세(ipse)[56]라는 뜻은 "임자"라는 뜻이네.
자네가 임자가 아니라 내가 임자라네.

윌리엄 그 임자가 누구를 가리킵니까?

터치스톤 이 여자와 결혼하는 남자를 말하네. 그러므로 너 촌뜨기는 이
여성 (일상적인 용어로는 "암컷"이라고 부르는)과 교제하는 (저
속한 말로는 "사귀는 것") 것을 포기하게 (속된 말로는 "헤어지
게"). 종합해서 이야기하면 이 여성과 교제하는 것을 포기하게.
그렇지 않으면 너 시골뜨기야 멸망한다. 좀 더 쉽게 이야기한다
면 죽는다. 명확하게 이야기하자면 너를 죽이고 도망가게 하고,
너의 생명을 죽음으로 바꾸어 놓고, 너의 자유를 속박으로 변경
시키겠다. 너를 독살하거나 때리거나 칼로 찌르겠다. 너와 싸우
겠다. 내 술수를 당해내지 못할 거다. 너를 죽일 150가지 방법을
고안하겠다! 그러니 겁먹고 떠나거라.

오드리 [터치스톤의 말솜씨에 경탄하며] 그렇게 해, 착한 윌리엄.

윌리엄 하나님의 축복이 있기를 바랍니다, 터치스톤님.   퇴장한다.

코린이 등장한다.

---

55. 확대라는 수사법이다. "가진다"는 동침한다는 뜻도 있다.
56. ipse는 라틴어로 "바로 그"란 뜻이며 여기서는 성공적인 구애자를 가리킨다
(Arden[2] 113)

코린   주인님과 마님이 당신을 찾고 계시니 가시죠.

터치스톤   뛰어, 오드리, 뛰어, 오드리. 나도 갈게. 나도 갈게.

모두 퇴장한다.

2장

아든 숲

올란도와 올리버가 등장한다.

올란도 만난 지 얼마 안 되어서 형이 그녀를 좋아할 수 있는 게 가능한
일이야? 보자마자 어떻게 사랑할 수 있지? 구애하자마자, 그녀가
이를 받아들였어? 그녀와 결혼할 때까지 밀고 나갈 거야?

올리버 이 일을 왜 이렇게 서두르는지, 그녀가 왜 지참금이 없는지, 안지
5   얼마나 되는지, 왜 내가 구애했는지, 그녀가 급히 이를 받아들였
는지에 대해서는 물어보지 말거라. 그러나 내가 에일리아나를 사
랑하고 에일리아나가 나를 사랑한다는 것을 인정해 다오. 우리들
은 서로 결혼할 거라는 것을 인정해다오. 이는 너에게 유익이 되
는 일이다. 나는 아버지의 집과 늙으신 롤랑 경의 재산에서 나오
10   는 모든 수입을 너에게 주고 여기서 목자로 살다가 주겠다.

개니미드로 분장한 로잘린드가 등장한다.

올란도 [형과 힘차게 악수하면서] 그렇게 하세요. 내일 결혼해. 결혼식에 공작
님과 행복한 신하들을 초대하겠어. 가서 에일리아나에게 말해.
여기 나의 로잘린드가 오네.

로잘린드 [올리버에게] 안녕하세요, 제부.[57]

올리버 [로잘린드에게] 안녕, 아름다운 처형.[58]　　　　올리버가 퇴장한다. 15

로잘린드 [진짜 감정을 숨기기 위하여 신파조로 연기하며] 나의 사랑하는 올란도.

당신의 심장에 붕대가 감긴 것을 보니 걱정이 됩니다!

올란도 심장이 아니라 팔이요.

로잘린드 당신의 심장이 암사자의 발톱에 긁혔는지 알았죠.

올란도 상처를 입은 것 맞소만, 숙녀의 눈 때문에 상처를 입었소. 20

로잘린드 당신의 형이 나에게 피 묻은 손수건을 보여 주었을 때 내가 어

떻게 가짜로 기절했는지를 말해 주었습니까?

올란도 그보다 더 놀라운 일들을 말해 주었습니다.

로잘린드 당신이 무엇을 의미하는지 알겠습니다. 사실입니다. 숫양 두

마리가 싸우는 것보다, 트라소가 거만하게 연기한 시저의 말 "나 25

는 왔노라, 보았노라, 이겼노라"라는 말보다 더 갑작스러운 것은

없어요. 당신의 남자 동생과 내 여자 동생이 만나자 마자, 서로를

쳐다보았고, 쳐다보자마자 사랑했고, 사랑하자마자 한숨을 지었

고, 한숨을 짓자마자 서로에게 이유를 물었고, 이유를 알자마자

치유책을 찾았고, 이런 단계를 거쳐서 결혼으로 향하는 계단을 30

올라가되, 빨리 올라갔기에 망정이지 그렇지 않았으면 결혼 전에

동침했을 겁니다. 몽둥이로도 두 사람을 갈라놓을 수 없습니다.

올란도 두 사람은 내일 결혼할 겁니다. 공작님을 결혼식에 초대하겠습니

다. 그러나 다른 사람의 눈을 통해서 행복을 들여다보는 것은 얼

---

57. 로잘린드는 올리버를 여동생의 남편으로 부르고 있다.

58. 올리버는 올란도가 로잘린드를 "나의 로잘린드"라고 부를 때 로잘린드가 여성임을

알아채고 에일리아나의 언니인 처형으로 부르고 있다.

35 마나 고통스러운 일입니까? 내일 형이 원하는 바를 얻고 행복해
하는 것만큼 나는 슬플 겁니다.

로잘린드 그렇다면 내가 내일 당신의 로잘린드가 되어 드리면 안 되겠습
니까?

올란도 더 이상 생각만으로는 살 수 없습니다.

40 **로잘린드** [단호하게] 그렇다면 더 이상 쓸데없는 이야기로 당신을 괴롭히
지 않겠습니다. 내가 말해 주겠습니다. 진정으로 하는 말입니다.
당신은 현명한 신사입니다. 당신을 그렇게 생각한다고 해서, 나
를 현명한 여자로 생각해 달라고 하는 이야기가 아닙니다. 내가
명성을 얻으려고 하는 것이 아니고, 단지 당신으로 하여금 나를

45 위한 일이 아닌 당신을 위한 일임을 알게 하고 싶습니다. 나는 세
살 때부터 마술사와 대화를 나누었는데, 이 사람은 마술을 깊이
알고 있지만, 그렇다고 악마는 아닙니다. 당신이 행동으로 보여
주듯이, 심장으로 로잘린드를 사랑한다면, 당신의 형이 에일리아
나와 결혼할 때 그녀와 결혼할 겁니다. 로잘린드의 배가 어떤 어

50 려운 항로를 가야 하는 것을 압니다. 당신에게 잘못된 것이 아니
라면 그녀를 당신 앞에 데리고 오는 것은 불가능하지 않습니다.
위험하지 않은 육체의 상태로 말입니다.

올란도 당신이 제정신으로 이야기하는 겁니까?

로잘린드 비록 내가 마술사이지만 소중하게 생각하는 생명을 걸고 말하

55 는 겁니다. 그러니 가장 좋은 옷으로 차려입고 친척들을 초청하
십시오. 내일 결혼을 하게 되고 로잘린드와 결혼하기를 원한다면
말입니다.

실비어스와 피비가 등장한다.

여기 나를 사랑하는 사람과 그녀를 사랑하는 사람이 옵니다.

피비 [화가 나서] 청년, 내가 당신에게 쓴 편지를

다른 사람에게 보여주는 무례를 범했어요.   60

로잘린드 [차가운 무관심으로] 개의치 않습니다. 나는 일부러 당신에게 모욕주고

무례하게 대하는 것이 나의 의무입니다.

당신을 따라 다니는 신실한 양치기가 있습니다.

그를 돌보아 주고 사랑하세요. 그는 당신을 경배합니다.

피비 착한 양치기, 이 청년에게 사랑이 무엇인지 이야기해줘.   65

실비어스 [한숨지으며] 한숨과 눈물이 사랑의 전부입니다.

나의 피비에 대한 사랑도 그렇습니다.

피비 [한숨지으며] 나의 개니미드에 대한 사랑이 그렇습니다.

올란도 [한숨지으며] 나의 로잘린드에 대한 사랑이 그렇습니다.

로잘린드 나는 여자 때문에 한숨 쉬고 눈물 짓지 않습니다.   70

실비어스 [진지하게] 믿음과 섬김이 사랑의 전부입니다.

나의 피비에 대한 사랑이 그렇습니다.

피비 [경애하는 눈빛으로] 나의 개니미드에 대한 사랑이 그렇습니다.

올란도 [경애하는 눈빛으로] 나의 로잘린드에 대한 사랑이 그렇습니다.

로잘린드 나는 믿고 섬기는 여자가 없습니다.   75

실비어스 [경애하는 눈빛으로] 상상이 사랑의 전부입니다.

감정이 전부입니다. 소망이 전부입니다.

경배와 의무와 존경이 전부입니다.

겸손과 인내와 조급함이 전부입니다.

80 　순수가 전부요, 고난이 전부요, 순종이 전부입니다.

나의 피비에 대한 사랑이 그렇습니다.

피비 [경애하는 눈빛으로] 나의 개니미드에 대한 사랑이 그렇습니다.

올란도 [경애하는 눈빛으로] 나의 로잘린드에 대한 사랑이 그렇습니다.

로잘린드 나는 이렇게 사랑하는 여자가 없습니다.

피비 [로잘린드에게] 이게 사실일진대, 왜 당신에 대한 나의 사랑을 비난

85 　하죠?

실비어스 [피비에게] 이게 사실일진대, 왜 당신에 대한 나의 사랑을 비난

하죠?

올란도 이게 사실일진대, 왜 당신에 대한 나의 사랑을 비난하죠?

로잘린드 [날카롭게] "왜 당신에 대한 나의 사랑을 비난하죠"라는 말을 누

구에게 한 겁니까?

올란도 여기 있지도 않고 듣지도 않는 여자에게요.

90 **로잘린드** [참지 못하고, 실비어스, 피비, 올란도에게] 그만두세요. 이는 마치 아

일랜드의 늑대가 달에 대고 짖는 격입니다. [실비어스에게] 내가 할

수 있는 한 도와주겠습니다. [피비에게] 당신을 사랑하는 것이 가능

하다면 사랑하겠습니다. 내일 같이 만납시다. [피비에게] 내가 여자

와 결혼할 수 있다면 당신과 결혼하겠습니다. 그것도 내일 말입

95 　니다. [올란도에게] 내가 남자의 요청을 들어줄 수 있다면 당신의

요청을 들어주겠습니다. 내일 당신은 결혼할 겁니다. [실비어스에게]

당신이 원하는 것을 얻어야 만족하다면, 당신을 만족하게 해주겠

습니다. 당신은 내일 결혼할 겁니다. [올란도에게] 로잘린드를 사랑

하니 그녀를 만나시기 바랍니다. [실비어스에게] 피비를 사랑하니 그
녀를 만나시기 바랍니다. 나는 사랑하는 사람이 없으니 만날 사람   100
이 없습니다. 안녕히 가십시오. 당신들에게 할일을 말했습니다.

실비어스   내가 살아 있다면 여기로 오겠습니다.

피비   나도요.

올란도   나도요.

전부 퇴장.

3장

아든 숲

터치스톤과 오드리가 등장한다.

터치스톤 내일은 즐거운 날이 될 거야, 오드리. 우리는 내일 결혼한다.

오드리 전심으로 원해요, 유부녀가 되는 것은 부정한 욕망이 아니죠?

두 시동이 등장한다.

추방당한 공작님의 두 시동이 오네요.

시동 1 잘 만났습니다. 정직한 신사분.

5 **터치스톤** 진짜 잘 만났다. 와서 앉아, 앉으라고, 노래 하나 해.

시동 2 알겠습니다. 가운데 앉으세요.

시동 1 헛기침 하지 않고, 침 뱉지 않고 목이 쉬었다고 말하지 말고 곧
바로 노래를 시작할까요? 이것들은 전부 목소리가 안 좋다는 핑
계가 아닌가요?

10 **시동 1** 맞아 맞아, 두 집시가 한 말을 타고 가듯이 돌림노래를 부를까요?

[시동들 노래한다.]

사랑하는 여인과 남자가 있었다네,
헤이호 헤이 노니노,[59]

초록 밀밭 위로 지나갔다네,
가장 결혼하기 좋은 봄이었다네,
새들은 노래 불렀다네, 헤이 딩 어 딩 어 딩,[60]   15
달콤한 연인들은 봄을 좋아한다네.

호밀 밭 고랑 사이 풀숲 가장자리에,
헤이 호 헤이 노니노,
이 아름다운 시골 남녀는 누웠다네,
가장 결혼하기 좋은 봄날에,   20
새들은 노래 불렀다네, 헤이 딩 어 딩 어 딩,
달콤한 연인들은 봄을 좋아한다네.

이들은 그때 노래를 부르기 시작했다네,
헤이 호 헤이 노니노,
인생은 한 송이의 꽃처럼 짧다네,   25
가장 결혼하기 좋은 봄날에,
새들은 노래 불렀다네, 헤이 딩 어 딩 어 딩,
달콤한 연인들은 봄을 좋아한다네.

그러니 현재의 시간을 잡아요,
헤이 호 헤이 노니노,   30

---

59. 셰익스피어 시대 때 사용되었던 의미 없는 후렴구이다
60. 신랑 신부에게 결혼하는 교회로 오라고 하는 종소리이다.

사랑은 봄에 왕관을 쓰지요,

가장 결혼하기 좋은 봄날에,

새들은 노래 불렀다네, 헤이 딩 어 딩 어 딩,

달콤한 연인들은 봄을 좋아한다네.

35 **터치스톤** [박수치면서] 솔직하게 말하면, 어린 친구들아. 가사는 봐줄만 했

지만, 곡조가 아주 안 맞았어.

시동 1 [화가 나서] 잘못 들은 겁니다. 선생님, 박자를 지켰고, 박자를 놓치

지 않았어요.

터치스톤 맞아. 이런 엉터리 노래를 듣는 것은 시간허비라는 생각이 들

40 었어. 하나님이 함께 하기를. 하나님이 네 목소리를 좋게 하시기

를 바란다. [오드리에게] 오드리, 가자.

모두 퇴장한다.

4장

아든 숲

전 공작, 에이미언즈, 제이키즈, 올란도, 올리버, 에일리아나로 분장한
실리아가 등장한다.

전 공작 올란도 너는 그 청년이 약속한 모든 것을
할 수 있다고 믿니?

올란도 가끔은 믿고 가끔은 믿지 않습니다. 마치 헛기대를 하지만
이것이 이루어지지 않을 것을 아는 사람처럼 말입니다.

개니미드로 분장한 로잘린드, 실비어스, 피비가 등장한다.

로잘린드 [모든 사람에게] 약속조항을 검토하는 동안 기다려주기 바랍니다. ₅
[전 공작에게] 당신의 따님 로잘린드를 여기로 데리고 오면 그녀를
올란도와 결혼시켜 주겠다고 약속하시겠습니까?

전 공작 내가 딸과 함께 줄 나라가 있다고 하더라도 그렇게 하겠네.

로잘린드 [올란도에게] 내가 그녀를 데려오면 받아주겠다고 약속하겠습니까?

올란도 내가 왕이라도 그렇게 하겠습니다. ₁₀

로잘린드 [피비에게] 내가 원한다면 나와 결혼하겠다고 약속하겠습니까?

피비 [강조하듯이 고개를 끄덕이면서] 한 시간 후에 죽는다 하더라고 그렇게
하겠습니다.

로잘린드 그러나 나와 결혼하지 않는다면

　　　　여기에 있는 가장 성실한 양치기와 결혼하겠다고 약속하겠습니까?

15　**피비**　[개니미드를 보면서] 그게 계약이죠.

로잘린드 [실비어스에게] 그녀가 원한다면 피비를 맞아들이겠다고 약속하

　　　　겠습니까?

실비어스 그녀와의 결혼이 죽음을 의미한다 할지라도 그렇게 하겠습니다.

로잘린드 나는 이 모든 일을 해결하겠다고 약속했습니다.

　　　　[공작에게] 공작님 따님을 주겠다는 약속을 지키세요.

20　　　[올란도에게] 올란도, 공작님의 따님과 결혼하겠다는 약속을 지키세요.

　　　　[피비에게] 피비, 나와 결혼하거나 그렇지 않고 나를 거부할 경우

　　　　이 목자와 결혼하겠다는 약속을 지키세요.

　　　　[실비어스에게] 피비가 나를 거부할 경우

　　　　그녀와 결혼하겠다는 약속을 지키세요.

25　　　지금부터 이 모든 문제를 해결하러 갑니다.

　　　　　　　　　　　　　　　　　로잘린드와 실리아 퇴장한다.

전 공작 [생각에 잠겨서] 이 양치기를 보니

　　　　내 딸을 쏙 빼 닮은 듯하구나.

올란도 공작님, 내가 처음 그를 보았을 때

　　　　공작님 따님의 남자형제로 생각했습니다.

30　　　그러나 공작님, 이 소년은 숲에서 태어났고

　　　　그가 말하는 위대한 마술가인

　　　　삼촌으로부터 악마적이고 초자연적인

　　　　마술의 기초를 교육받았으며

이 숲에서 숨어 지내고 있습니다.

터치스톤과 오드리가 등장한다.

제이키즈 홍수가 일어나면 이 남녀들이 쌍쌍씩 방주로 들어가야 한다. 35
여기 모든 사람들이 광대라고 부르는 부정한 짐승 한 쌍이 오고
있구나.[61]

터치스톤 모든 분들에게 인사를 드립니다.

제이키즈 [전 공작에게] 공작님 저 친구를 환영하십시오. 이 친구는 고깔모
자를 쓴 신사로서 여러 번 그를 숲에서 보았습니다. 자신의 말로 40
는 궁정에서 신하로 있었다고 합니다.

터치스톤 누구라도 그것을 의심하면 시험해 보십시오. 저는 춤을 추었습
니다. 귀부인들에게 아첨을 떨었습니다. 친구들을 정치적으로 대
했고 적에게는 부드럽게 말했습니다. 세 양복쟁이를 파산시켰습
니다. 4번 언쟁을 벌였고 한 사람과 결투를 할 뻔 했습니다. 45

제이키즈 그래서 어떻게 해결되었나?

터치스톤 결투를 하려고 했을 때 우리는 7번째 거짓말에 대해서 싸웠습
니다.

제이키즈 7번째 거짓말이라고.[62] [전 공작에게] 공작님, 이 친구를 좋아하시

---

61. 제이키즈는 노아의 방주를 언급하고 있다. 창세기 7장에 의하면 하나님은 노아에
게 깨끗한 짐승은 암수 7마리씩, 부정한 짐승은 암수 각각 1마리씩 방주로 데리고
오도록 했다.

62. 7번째 거짓말이 무엇인가에 대해서는 의견이 분분하다. 터치스톤은 거짓말을 "예
의바른 대꾸"에서부터 "명백한 거짓말"로 나누고 있는데 7곱 번째를 앞에서 시작
하여 "명백한 거짓말"이라고 하는 학자도 있고 뒤에서부터 시작하여 "예의바른 대

기를 바랍니다.

전 공작 이 친구를 대단히 좋아하네.

터치스톤 [공작에게 형식을 갖추어서 절하면서] 하나님의 축복이 있기를. 공작
님의 사랑을 받기를 원합니다. 공작님 저는 시골뜨기 남녀들 틈
에 들어 와서, 결혼서약에서 요구하는 대로 결혼생활에 충실하겠
다고 약속하고, 비록 욕정 때문에 약속을 지키기가 어렵겠지만,
다른 여자를 포기하였습니다. 그녀는 순전한 처녀이고 못생겼지
만 그녀는 저의 것입니다. 누구도 원치 않는 여자를 택한 것은 저
의 고집입니다. 못생긴 여자의 처녀성은 쓰러져가는 집에서 가난
하게 사는 부자와 같습니다. 그것은 볼품없는 굴에 있는 진주와
도 같습니다.

공작 [제이키즈에게] 저 친구는 머리가 빨리 돌아갈 뿐만 아니라 격언을
많이 알고 있어.

터치스톤 다른 광대처럼 저도 기지가 바닥이 나고 잘못 겨냥하기도 합니다.

제이키즈 7번째 거짓말 말인데, 왜 이것에 대해서 논쟁을 벌였나?

터치스톤 7번째 거짓말에 관한 것이었죠. [어중 쩡하게 서있는 오드리에게] 자
세를 똑바로 해라, 오드리. 이런 식으로 말이야. [공작과 제이키즈에
게] 그게 이렇습니다. 저는 한 궁중대신의 수염 깎은 모습을 싫어
했습니다. 제가 그가 수염을 잘못 깎았다고 말하자 자신도 그렇
게 생각한다고 말을 전해왔습니다. 이를 "예의바른 대꾸"라고 부
르죠. 만약 제가 그에게 수염을 잘못 깎았다고 재차 말한다면 그

꾸"라고 보는 학자도 있다(Furness 272-73). 150-151쪽 참고. 역자는 후자의 견해
를 따른다.

는 자신의 취향대로 수염을 깎았다고 말할 겁니다. 이를 "날이 선 대꾸"라고 합니다. 제가 다시 수염을 잘못 깎았다고 말한다면, 그는 저의 판단력을 비난할 겁니다. 이를 "불한당식 답변"이라고 합니다. 제가 다시 한 번 수염을 잘못 깎았다고 말하면, 제가 진실을 말하지 않는다고 말할 겁니다. 이를 "용감한 반박"이라고 합니다. 제가 다시 한 번 수염을 잘못 깎았다고 말하면 거짓말한다고 말할 겁니다. 이를 "언쟁적 반박"이라고 합니다. 다음에는 "정황적 거짓말"과 "의도적 거짓말"이 있습니다.

제이키즈 그가 수염을 잘못 깎았다고 몇 번 이야기 했어?

터치스톤 "정황적 거짓말" 이상으로 넘어가지는 않았습니다. 그도 나에게 "의도적 거짓말"을 하지 않았습니다. 그래서 우리는 칼의 길이를 비교하고는 헤어졌습니다.

제이키즈 거짓말의 단계에 대해서 이야기 할 수 있는가?

터치스톤 당신이 예의에 대한 책을 갖고 계시듯이, 저희들은 규정에 의해, 규칙에 의해 논쟁합니다. 단계를 말씀드리겠습니다. 제1단계는 "예의바른 대꾸"이고 제2단계는 "날이 선 대꾸" 제3단계는 "불한당식 답변" 제4단계는 "용감한 반박" 제5단계는 "언쟁적 반박" 제6단계는 "정황적 거짓말" 제7단계는 "의도적 거짓말"입니다. 마지막 경우가 아니라면 싸움하지 않고 넘어갈 수 있습니다. 그러나 "의도적인 거짓말"의 경우도 가정[63]을 하는 경우에는 싸움을 피할 수 있습니다. 7명의 판사들이 해결하지 못한 소송이 있었습니다. 그런데 소송 당사자들이 만났을 때 한 사람이 가정을 생

---

63. if를 말한다.

각해 냈습니다: "네가 그렇게 이야기 했다면 나는 저렇게 이야기 했음에 틀림없다"라고요. 이들은 악수를 하고 우정을 약속했습니다. "가정"은 평화의 중재자요 "가정"은 가치 있는 단어입니다.

제이키즈 [공작에게] 공작님 이 친구가 놀랍지 않습니까? 모든 것을 압니다만 광대입니다.

전 공작 바보인체하고 상대방에 접근해서 기지를 발휘하는구먼.

하이멘[64]이 원래의 모습을 한 로잘린드와 실리아와 함께 등장한다.
[조용한 음악이 흐른다.]

하이멘 서로 화해를 이룰 때

100
지상에서는 일들이 해결이 되고
하늘에는 기쁨이 있지요.

[공작에게] 훌륭하신 공작님 따님을 받으세요.
하이멘이 하늘에서 그녀를 데려왔어요.
이곳으로 데려왔어요.

105
그녀의 심장을 가지고 있는
그와 결혼을 시키도록 말입니다.

로잘린드 [전 공작에게] 당신에게 저를 드립니다. 저는 당신의 것입니다.
[올란도에게] 당신에게 저를 드립니다. 저는 당신의 것입니다.

전 공작 내 눈이 나를 속이지 않는다면, 너는 내 딸이다.

올란도 [기뻐하면서] 내 눈이 나를 속이지 않는다면 당신은 나의 로잘린드

---

64. Hymen은 결혼의 신이다.

입니다. ¹¹⁰

피비 [슬프게] 내가 보는 형체가 사실이라면, 내 사랑이여 안녕.

로잘린드 [전 공작에게] 당신이 아버지가 아니라면 저는 아버지가 없습니다.

    [올란도에게] 당신이 남편이 아니라면 저는 남편이 없습니다.

    [피비에게] 당신이 내 아내가 되어주지 않는다면 어떤 아내도 갖지
    않겠습니다.

하이멘 [엄숙하게] 자 조용히 해주세요. 그만 어리둥절하세요. ¹¹⁵

이 마술적인 결과의

매듭을 짓겠습니다.

여러분들이 결혼에 만족하신다면

여기 있는 여덟 사람이

손을 맞잡고 결혼하겠습니다. ¹²⁰

[실리아와 올리버에게] 어떤 다툼도 너희 둘을 갈라놓을 수 없노라.

[로잘린드와 올란도에게] 너와 너는 심장이 하나가 되었노라.

[피비에게] 너는 그의 사랑을 받아 들이 거라.

그렇지 않으면 여자와 결혼해야 한다.

[오드리와 터치스톤에게] 겨울과 나쁜 날씨가 함께 하듯이 ¹²⁵

너희 둘은 같이 지내거라.

[모두에게] 우리가 결혼의 노래를 부르는 동안

너희가 어떻게 만났고 어떻게 이런 일이 일어났는지를

물어봄으로 궁금증을 해소하거라.

그러면 이 기적이 이해가 될 것이다. ¹³⁰

[노래한다.]

결혼은 위대한 주노신의 왕관이니

아내와 안주인이 되는 축복된 결합이여.

결혼으로 모든 도시에 사람이 불어나나니

신성한 하이멘은 영광을 받을지어다.

135 영광, 높은 영광과 명성을

모든 도시의 신인 하이멘에게 돌릴지어다.

전 공작 [실리아를 안으며] 사랑하는 조카야, 내가 너를 딸로서

환영한다. 딸과 똑같이 생각한다.

피비 [실비어스에게] 내가 약속을 어기지 않겠어요. 당신이 내 남편이에요.

140 당신의 성실함과 나의 사랑으로 우리는 하나가 되었어요.

롤랑 드 보이경의 둘째 아들 제이키스 드 보이가 등장한다.

제이키스 드 보이 제가 한두 마디만 드리겠습니다.

저는 연로하신 롤랑 경의 둘째 아들로서

소식을 여기 모인 아름다운 회중에게 전달합니다.

프레데릭 공작님께서 지체 높으신 분들이

145 날마다 이 숲으로 모여든다는 말을 듣고

큰 군대 즉 보병을 소집한 후

이를 직접 지휘하여 이곳으로 오고 있었는데

이는 형을 체포하여 사형에 처하려는 의도였습니다.

공작님은 이 황량한 숲의 가장자리에 도착하여

150 거기서 늙은 종교인⁶⁵을 만났는데

그와 대화를 나누고 나서

자신의 계획과 재물에서 마음이 멀어져서

자신의 왕관을 추방당한 형에게 물려주고

땅을 형과 함께 추방당한 사람들에게 돌려주었습니다.

이것이 사실임을 목숨을 걸고   155

약속합니다.

전 공작   환영하네, 젊은이.

네가 형제의 결혼식에 아름다운 선물을 가지고 왔구나:

형⁶⁶에게는 빼앗긴 땅을 돌려주고

다른 사람에게는 강력한 공작령 전체를 주었다.

[모두에게] 먼저, 이 숲에서 계획하고 시도한   160

목표들을 마무리 짓자.

추운 낮과 밤을 나와 함께 견딘

이 모든 행복한 사람들은

자신들의 지위 신분에 따라

우리들에게 돌아온 행운을 나누어 가질 것이다.   165

그동안에 새롭게 얻게 된 명예를 잊어버리고

시골의 즐거움에 빠져보자.

[악사들에게] 악사들, 음악! [결혼하는 쌍에게] 자네 신랑과 신부들

---

65. 은둔자를 말하는데 로잘린드가 언급한 신비한 마술을 행하는 삼촌을 의미할 수 있
    다. 아니면 극에서 사라진 애덤을 뜻할 수도 있다(Cambridge² 194).
66. "형"은 올리버를, 다음 행의 "다른 사람"은 전 공작을 지칭한다. 프레데릭은 올리
    버에게 압수한 땅을 돌려주고 형인 전 공작을 복권시켰다. 전 공작이 지위를 회복
    함으로써 자신의 사위인 올란도에게 땅을 물려줄 수 있게 되었다.

웅장한 음악에 맞추어 마음껏 춤을 추어라.

170　**제이키즈**　잠깐 이야기 좀 할까?

[제이키즈 드 보이에게] 내가 자네 말을 제대로 이해했다면

공작은 수도승이 되어

화려한 궁중생활을 그만 두었다는 건가?

제이키스 드 보이　그렇습니다.

175　**제이키즈**　저는 공작님에게 가보겠습니다. 최근의 회심자들로부터

배울 것과 들을 것이 많이 있습니다.

[전 공작에게] 당신께 이전의 영예를 드립니다.

인내와 덕목이 있기 때문에 이를 받으실 자격이 있습니다.

[올란도에게] 너의 진정한 헌신과 신뢰를 생각해서 사랑을 주마.

180　[올리버에게] 너에게 땅과 사랑과 친척들을 주마.

[실비어스에게] 오랫동안 구애한 너에게 아내를 주마.

[터치스톤에게] 너에게는 싸움을 주마.

너의 사랑의 항해는 2달치의 양식에 불과하듯이

너의 즐거움도 마찬가지다.

185　[모두에게] 나는 다른 음악에 맞추어서 춤을 추겠습니다.

전 공작　기다리게, 제이키즈, 기다려.

제이키즈　결혼식을 보고 싶지 않습니다. 외딴 동굴에서 공작님을 기다릴

테니 그곳에서 원하시는 바를 말씀하십시오.

전 공작　계속하게, 계속! 이 결혼식이 진정한 기쁨으로

190　끝날 것을 알기 때문에 이제 식을 시작하겠노라.　　음악과 춤.

로잘린드를 제외한 모든 사람이 퇴장한다.

에필로그

로잘린드 남자배우가 프롤로그를 말하는 것이 어울리지 않는다고 말할 수 없는 것처럼 여자배우가 에필로그를 말하는 것이 어울리지 않는다고 말할 수는 없습니다. 단지 여자배우가 에필로그를 말하는 것이 흔치 않을 뿐입니다. 좋은 포도주는 선전이 필요 없듯이 좋은 연극에는 에필로그가 필요 없는 것이 사실입니다. 좋은 포도주를 선전 5 하는 것처럼 좋은 배우는 좋은 에필로그를 통해 더 훌륭한 배우가 되는 법입니다. 그러나 저의 에필로그가 좋지 않고, 이 연극에 대하여 좋은 평판을 받지 못한다면, 저는 딜레마에 빠지게 됩니다. 저는 거지의 복장을 입고 있지 않기 때문에 구걸하는 것은 저에게 어울리지 않습니다. 저는 저의 방법대로 여러분들에게 마술을 걸겠고 15 여자 분들에게 먼저 하겠습니다. 여자 분들이여, 여러분들이 남자를 사랑하는 것처럼, 좋으실 대로 이 연극을 사랑해 주시길 부탁드립니다. 남자 분들이여, 여러분, 여러분들이 여자를 사랑하신다면 (미소를 통해서 알 수 있는 것처럼) 여러분과 애인들이 모두 이 연극을 보고 즐거워해 주시기를 바랍니다. 제가 여자라면 제가 좋아하는 10 수염과 제가 사랑하는 얼굴과 상큼한 입 냄새를 가진 여러분들에게 키스하고 싶습니다. 제가 인사를 하고 퇴장할 때 멋있는 수염과 잘생긴 얼굴과 달콤한 입김을 가진 여러분들이 저의 제안에 대하여 감사하여 박수쳐 주실 것을 확신합니다. 퇴장한다.

— 끝 —

작품설명

『좋으실 대로』(*As You Like It*)는 셰익스피어가 쓴 희극 중의 하나다. 셰익스피어는 13편의 희극작품을 썼는데 『좋으실 대로』는 이들 희극 중에서 후반부에 완성되었다. 학자들은 이 작품이 1599년 후반부와 1600년도 전반부 사이에 완성되었을 것으로 생각한다.

학자들은 자신들이 좋아하는 대로 『좋으실 대로』를 정의한다. C. L. 바버는(Barber) 셰익스피어의 희극에 관한 권위 있는 연구서인 『셰익스피어의 축제 희극』(*Shakespeare's Festive Comedy*)에서 이 작품을 축제극으로, 레가트(Alexander Leggatt)는 『셰익스피어의 사랑극』(*Shakespeare's Comedy of Love*)에서 사랑극으로, 존 도버 윌슨은(John Dover Wilson)은 『셰익스피어의 행복극』(*Shakespeare's Happy Comedies*)이라는 저서에서 행복한 희극으로 불렀다. 바버는 『좋으실 대로』와 다른 희극작품인 『사랑의 헛수고』, 『한여름 밤의 꿈』, 『헨리 4세 1부』, 『헨리 4세 2부』, 『십이야』에서 고대에 행해졌던 사투르누스(Saturnus) 축제양식을 발견하고 이를 3가지 단계로 설명하였다. 즉 사람들은 일상생활에서 다양한 갈등으로 인하여 긴장(tension)을 느끼지만, 잠시 동안의 기성질서를 전복하는 축제에 참석하여 이 억압에서 벗어나(release) 마침내는 정제된다고 보았다.

『좋으실 대로』를 원전과 비교해볼 때 이 작품의 성격을 보다 잘 파악할 수 있다. 셰익스피어는 다른 작품을 쓸 때와 마찬가지로 『좋으실 대로』의 인물과 구성을 셰익스피어와 동시대 작가인 토마스 로지(Thomas Lodge)가 쓴 산문인 『로잘린드, 유퓨이즈를 가장 닮은 인물』(*Rosalynde or Euphues' Golden Legacy*)에서 빌려왔다. 로지는 이 산문으로 된 로맨스의 제목에서 자신의 작품인 『로잘린드』가 존 릴리(John Lyly)의 문학적 영향을 받았음을 밝히고 있다. 유퓨이즈는 릴리가 쓴 작품 중에서 『기지의 해부』(*The Anatomy of Wit*, 1578)와 이의 후속작인 『유퓨이즈와 그의 영국』(*Euphues and His England*, 1580)이라는 산문 로만스에서 주인공으로 나오는 인물이다. 그런데 로지의 『로잘린드』는 소위 말하는 목가문학이다. 목가문학은 희극, 비극과 마찬가지로 르네상스 시대에 한 장르로 구분되었다. 셰익스피어의 『좋으실 대로』도 로지의 『로잘린드』와 마찬가지로 목가문학이라고 할 수 있다. 두 작품의 공통성은 등장인물의 유사성에서 볼 수 있다. 셰익스피어는 로지의 로잘린드, 아린다, 로사더를 각각 로잘린드, 실리아, 올란도로 변형시켰다. 이외에도 셰익스피어는 로지의 작품에서 나오는 살라딘, 몬타누스, 피비를 각각 올리버, 실비어스, 피비로 등장시킨다. 이렇듯 셰익스피어와 로지의 작품은 유사한 것처럼 보이나 두 작품은 여러 가지 면에서 다르다. 셰익스피어는 목가문학의 전통을 답습한 것이 아니라 이를 창의적으로 변형하고 있다.

첫째, 셰익스피어의 『좋으실 대로』에서는 성정체성의 문제가 『로잘린드』에서보다 훨씬 복잡하다. 르네상스 시대에 유행했던 목가문학의 특징은 변장과 성의 이중성이다. 로지의 『로잘린드』와 다른 목가적인 글에서 보면 주인공들이 변장을 하고 자신의 자연적인 성을 감춘다. 로지의 『로잘린드』에서 여주인공 로잘린드는 개니미드(Ganymede)라는 남자로, 로잘린드의 친구 아린다(Alinda)는 에일리아나(Aliena)로 변장한다. 『로잘린드』에서와 마찬가지로 『좋으실 대로』에서도 여 주인공 로잘린드가 개니미드로 변장하나, 셰익스피어 극에서는 로지의 소설에서 보다 훨씬 더 복잡한 성정체성의 문제가 발생한다. 왜냐하면 개니미드는 남자주인공 올란도에게 자신을 로잘린드로 부르게 하고, 자신에게 구애를 하라고 한다. 르네상스 시대에서는 여자의 역할을 소년배우가 연기했다는 점을 고려한다면 소년배우→로잘린드→개니미드→로잘린드로 이어지는 역할의 다중성은 로잘린드의 진정한 성정체성에 대한 혼란을 가져온다. 『좋으실 대로』에서 로잘린드에 비하면 실리아는 로잘린드의 여동생 에일리아나로 등장하기 때문에 로잘린드와 비교하여 비교적 그렇게 복잡하지 않다. 실리아의 경우는 소년배우→실리아→에일리아나로 역할이 바뀐다. 그러나 실리아와 에일리아는 동일한 여성역할이다.

둘째, 로지의 『로잘린드』와 셰익스피어의 『좋으실 대로』는 주제 면에서 다르다. 원래 목가문학은 도시와 농촌을 비교한다. 이러한 목가문학의 전통은 『좋으실 대로』에서도 그대로 이어진다. 그러나 로지가 전원생활 자체에 대한 묘사에 집중한 반면 셰익스피어는 전원생활의 의미를 탐구하고 있다. 『좋으실 대로』에서의 전원은 노스롭 프라이(Northrop

Fry)가 『비평의 해부』(The Anatomy of Criticism)에서 말한 "녹색의 세계" 다. 이 녹색의 세계는 계급과 성의 차이로 야기되는 충돌과 갈등이 해소 가 되고 화해가 되는 신비한 치유의 세계요, 휴식의 장소다. 녹색의 세계 는 아든 숲으로 상징이 된다. 아든 숲에 모든 등장인물들이 모이고 이들 은 이곳에서 초자연적인 힘에 의하여 변화된다. 로마의 신화작가 오비드 가 말한 바대로 변형이 된다. 이런 변형은 너무 급작스러워 개연성이 희 박하기는 하나 아든 숲의 주제적 중요성을 부각시키고 잇다. 이런 변형 의 대표적인 경우가 프레데릭이다. 프레데릭은 형을 몰아내고 권력을 차 지했을 뿐만 아니라 형의 충신이었던 롤랑 드 보이 경의 아들인 올란도 를 밉게 보고 추방했다. 후에 그는 자신의 딸인 실리아와 조카 로잘린드 그리고 올란도가 없어진 것을 알고는 올란도의 형인 올리버에게 올란도 를 찾아오라고 하고 올리버의 재산을 압수한다. 이렇게 권력에 사로잡혀 서 통치자로서의 덕목과 혈연관계를 저버린 그가 숲에 들어와서 은둔자 를 만나 갑자기 마음이 변하여 형과 올리버에게 탈취한 재산을 돌려주고 숲에서 종교생활을 하기로 결심한다. 이는 셰익스피어가 전원 그 자체에 관심이 있는 것이 아니라 전원을 하나의 상징으로 보고 잇다는 것을 시 사해준다.

이러한 아든 숲의 신비성과 초자연성은 올리버의 회심에서도 증명이 된다. 올리버는 동생을 찾아서 죽이려고 숲에 오나 오히려 동생이 자신 을 암사자에게서 구해준다. 이후 올리버는 실리아와 첫눈에 반하여 두 사람은 결혼을 하게 된다. 올리버도 프레데릭과 마찬가지로 재산을 포기 하고 전혀 다른 형태의 삶인 목자로 살다가 죽겠노라고 말한다.

아든 숲에서는 남녀 사이의 갈등도 화해와 조화를 이룬다. 올란도와 로잘린드, 올리버와 실리아, 터치스톤과 오드리, 실비어스와 피비는 극의 마지막 부분에서 신랑과 신부로 짝지어진다. 이들의 결혼을 주관한 결혼의 신인 하이멘은 이들이 "서로 화해를 이룰 때 지상에서는 일이 해결되고 하늘에는 기쁨이 있지요"(5.4.99-101)라고 말한다. 인간 사이의 부조화가 사랑을 통하여 조화를 이룬다. 이런 점에서 하이멘은 부조화 속의 조화를 상징한다. 극의 마지막에서 4쌍의 남녀가 추는 춤은 다른 희극의 마지막 장면과 마찬가지로 조화를 보여주는 시각적 상징이다.

터치스톤이 여러 번 언급하는 오쟁이 진 남편에 대한 이야기는 욕망의 잘못된 해결이고 이를 통하여 가정은 위험에 노출하게 된다. 로잘린드와 올란도는 사랑연습을 통하여 남녀 간의 완전하고 이상적인 사랑을 추구한다. 남편은 연약한 아내를 보듬어 주고 아내는 남편에게 정절을 바쳐야 한다. 실비어스와 피비도 이들의 취약한 관계를 극복하고, 결국은 서로의 사랑을 확인하고 견고한 부부가 된다. 터치스톤과 오드리는 지적능력의 차이로 서로 결합하기 어려운 남녀이나, 결혼이라는 제도를 통하여 성욕을 해소할 수 있다는 점에 주목한다. 터치스톤과 오드리에게 결혼을 통한 조화란 성적 욕망을 해소하고, 이를 통하여 갈등과 대결이 정제되는 것을 의미한다. 5막 4장에서 터치스톤은 "결혼서

터치스톤과 오드리
찰스 커슨(Charles Cousen, 1819-1889) 작. 철판화.

약에서 요구하는 대로 결혼생활에 충실하겠다고 약속하고, 비록 욕정 때문에 약속을 지키기가 어렵겠지만, 다른 여자를 포기"(54-56)했다고 말한다. 셰익스피어에 의하면 하이멘은 결혼을 통하여 도시를 사람으로 채운다. 이런 점에서 하이멘은 진정한 도시와 인간의 지배자다. 『좋으실대로』에서 하이멘은 욕망과 갈등으로 얽히고설킨 주인공들 간의 관계를 한 번에 풀어주는 "듀스 엑스 마키나"(*deus ex machina*)[1]는 아니더라도 인간의 삶을 지배하고 있는 아니면 그렇게 믿고 싶은 초자연성에 대한 갈망을 표현하고 있다.

로잘린드는 하이멘과 마찬가지로 갈등, 대결, 파괴로 치달을 수 있었던 극중인물들 간의 관계를 조화롭게 해결하는 마술사이다. 『좋으실 대로』에서 로잘린드는 가장 역동적이고 매력적인 인물이다. 로잘린드의 재치와 기지로 4쌍이 결혼을 하게 된다. 그녀는 남성과 여성을 넘나드는 역할을 수행하고, 도시와 전원을 연결하고, 현실과 이상을 조화시킨다. 로잘린드는 등장인물들의 욕망을 조정하고 충족시킨다. 하이멘이 천상의 조정자라면 로잘린드는 지상의 조정자이다.

셰익스피어는 인간의 삶에 내재되어 있는 양극성과 분열성을 진지하게 인지하고 이를 포괄적으로 다룬다. 그러나 셰익스피어는 어느 한편을 편들어서 이 문제를 해결하는 것이 아니라 양극을 초월하는 관점을 제공하고 있다. 양극이 서로를 이해하고 대결로 치닫는 것을 자제하는 것이 양극성의 극복이다. 『좋으실 대로』는 도시와 전원의 관계뿐만 아니라,

---

1. 그리스극에서 나타나는 장치 중의 하나로서 신적 존재가 무대바깥에서 극중 세계에 뛰어들어 인간문제를 한꺼번에 해결하는 것을 말한다.

남성과 여성, 지배계급과 노동계급의 분단 이외에 자연과 운수, 젊음과 노년, 사실주의와 낭만주의, 타고난 고귀함과 습득되어진 덕목, 사색적 삶과 행동적인 삶, 웃음과 우울간의 관계도 검토한다.[2] 예를 들어 1막 2장에서 로잘린드와 실리아는 운수와 자연의 관계에 대하여 토론한다. 자연은 생득적인 것을 관장하는 한편, 운수는 탄생 이후의 삶을 지배한다. 자연은 특별히 지혜와 덕목을 주는데 이것들은 운명을 이길 수 있는 힘이 된다. 반면에 운수는 인간의 행운과 불행을 관장한다. 일견하면 『좋으실 대로』는 자연과 운수의 대립의 구조를 가지고 있다. 전 공작과 로잘린드와 올란도는 자연이 부여한 고귀함과 덕목을 갖추고 있고, 반면에 프레데릭 공작과 올리버는 술수와 정치를 이용하여 전자의 인물들을 추방한다는 점에서 운수를 획득한다. 작품의 전반부에서 보면 운수가 자연에 대해 승리하는 것처럼 보이지만, 후반부에 가서는 프레데릭이 지금까지 추구하던 권력과 재물을 버리고 종교인으로 살고자 결단한다. 운수가 자연의 힘을 인정하고 자연이 운수에 대하여 우월성을 확보한다. 결과적으로 공작이 이끄는 무리와 프레데릭이 이끄는 무리는 대결과 파괴가 아닌 양보와 화해를 통한 공존의 길을 간다.

셰익스피어는 아든 숲의 상징성과 로잘린드의 마술성을 통하여 대결과 차이로 점철된 사회와 세계가 신비적인 기제를 통하여 화해와 공존의 세계로 갈 수 있다는 희망을 보여준다. 셰익스피어가 제시하는 세계는 이런 점에서 현실에서 보는 것과는 다른 새로운 사회요, 현실세계의 한

---

2. Anne Barton, introduction, *The Riverside Shakespeare*, ed. G. Blakemore Evans (Boston: Houghton Mifflin, 1997) 400.

계를 뛰어넘는 낙관적인 세상이다. 그러나 셰익스피어는 자신의 낙관주의가 절대적이고 완전하다고 주장하지는 않는다. 셰익스피어의 이러한 낙관주의는 상대주의와 회의주의의 거친 도전을 받는다. 셰익스피어는 작품에서 터치스톤과 제이키즈를 통하여 자신의 낙관적인 세계관의 실효성과 정당성을 시험하고 있다.

터치스톤은 상대주의자다. 그의 이름이 시사하는 바대로 그는 모든 생각을 다른 생각에 비교하여 서로를 가늠하게 한다. 마치 어떤 금속이 진짜 금인가 아닌가를 알려면 시금석을 사용하는 것과 같다. 3막 2장에서 터치스톤은 궁중생활을 해 본적이 없는 양치기 코린에게 목자생활의 양면성을 가르쳐 준다. "진심을 말하자면, 산다는 점에서는 좋지만 목자인 점에서는 나쁘다네. 명상을 한다는 점은 좋지만 외롭다는 점에서는 끔찍하다네. 들에 나간다는 점은 기쁘지만 궁정이 아니라는 점에서는 지루하다네. 절약하는 삶이라는 점에서는 내 성질에 맞으나 풍족한 삶이 아니라는 점에서는 내 배가 만족을 하지 못하네"(13-16). 터치스톤은 사물의 다양성을 보여줄 뿐만 아니라 편향적인 사고의 위험도 경계한다. 터치스톤의 다원론적 세계관은 그의 언어유희에서 가장 잘 드러난다. 3막 3장에서 터치스톤은 몇 가지 기본적인 단어의 다른 의미에 대해서 오드리에게 가르친다. "시적"(poetical)이라는 단어는 "허구"라는 함의를, "정숙"이라는 단어는 "못생김"이라는 함의를 포함한다고 말한다. 터치스톤은 시와 허구, 여자의 아름다움과 부정이라는 양면성을 지적한다. 오드리는 터치스톤을 통해서 삶의 이중성을 깨닫게 된다.

제이키즈는 터치스톤과 마찬가지로 『좋으실 대로』의 주인공들이 표상하는 이상주의의 한계성을 보여준다. 터치스톤이 언어유희를 통하여 삶의 이중성을 조명한다면 제이키즈는 삶에 대한 근본적의 회의와 허무를 전달한다. 제이키즈의 이런 허무주의와 회의주의는 그가 극의 마지막에서 4쌍의 결혼식을 축하하는 무도회에 참석하지 않는다는 사실에서 단적으로 나타난다. "결혼식을 보고 싶지 않습니다. 외딴 동굴에서 공작님을 기다렸다가 공작님이 원하시는 바를 말씀드리겠습니다"(190-91). 제이키즈는 스스로 자신을 전 공작의 무리로부터 분리시킴으로써 이들의 화해와 화합이 완전하지 않음을 웅변적으로 말한다. 다른 희극 작품에서와 마찬가지로 『좋으실 대로』에서도 주류에 편입하지 않는 소수를 보여준다. 제이키즈의 부재로 말미암아 4쌍의 결혼식이 갖는 낙관주의와 이상주의는 반감이 된다.

제이키즈는 회의와 허무를 표현하기 위하여 전통적인 풍자가의 역할을 수행한다. 제이키즈는 시간의 파괴성을 강조함으로써 인간 삶이 허무로 끝난다는 사실을 강조한다. 『좋으실 대로』 중에서 가장 많이 인용되는 대사 중의 하나인 인생의 7막(seven ages of man)에 대한 독백은 인간의 삶이 결국 죽음으로 끝나고 아무것도 남지 않고 모두 없어진다는 염세주의 철학을 대변한다. "이 특이하고도 다사다난한 연극의 마지막 역할은 다시 어린아이로 돌아가서 망각에 빠진 채 이도 빠지고, 눈도 침침해지고, 입맛도 없어지고, 모든 것을 잃는 것입니다"(2.7.167-69). 제이키즈가 생각하는 무로 끝나는 인생은 무의미하고 무가치하다. 이런 점에서 제이키즈의 이 대사는 맥베스의 마지막 독백을 연상시킨다. "내일이 내일이 내일이 기록된 시간의 마지막 음절을 향하여 아주 작은 걸음으

인생 7막

윌리엄 멀레디(William Mulready, 1786-1863) 작.
유화. 1838년 제작.

로 기어갑니다. 우리가 지냈던 어제
는 바보들에게 흙으로 돌아가는 죽
음의 길을 비춥니다"(5.5.19-23). 제
이키즈의 대사는 하이멘과 로잘린
드의 철학을 정면으로 부인한다.

셰익스피어의 『좋으실 대로』는
4쌍의 남녀가 결혼에 이르는 이야기
를 소재로 삼아 인간사회의 조화와
화해의 가능성을 짚어 보고 있다. 셰익스피어는 갈등과 분열로 얼룩진
사회에서 이러한 가능성을 타진하고 있다. 비록 인생에 내포되어 있는
상대주의와 염세주의로 인하여 이러한 가능성이 희박해진다 하더라고
낙관주의를 붙잡는 것을 순진한 행동이라고 비난할 수는 없다. 아든 숲
에서 일어난 일들이 21세기 이 극을 보는 우리들에게도 동일하게 발생
할 수 있다. 관객들은 극을 보면서 자신들의 욕망이 방출이 되고, 이로
인하여 정화되고, 내면에 새로운 세계가 세워짐을 느낄 수 있다. 셰익스
피어는 우리들을 신비하고도 놀라운 아든 숲으로 초청하고 있다. 우리가
이 초청에 응할지 아닐지는 우리 마음 대로다.

셰익스피어 생애 및 작품 연보

셰익스피어의 생애와 작품의 집필연대 중 일부는 비교적 정확히 기록되어 있는 자료에 의존할 수 있지만, 대부분은 막연한 자료와 기록의 부족으로 그 시기를 추정할 수밖에 없으며, 특히 작품 연보의 경우 학자들에 따라 순서나 시기에 차이가 있음을 밝힌다.

1564   잉글랜드 중부 소읍 스트랫포드 어폰 에이번Stratford-upon-Avon
        출생(4월 23일). 가죽 가공과 장갑 제조업 등 상공업에 종사하
        면서 마을 유지가 되어 1568년에는 읍장에 해당하는 직high
        bailiff을 지낸 경력이 있는 존 셰익스피어와, 인근 마을의 부농
        출신으로 어느 정도 재산을 상속받은 메리 아든Mary Arden 사
        이에서 셋째로 출생. 유복한 가정의 아들로 유년시절을 보냄.

1571   마을의 문법학교Grammar School에 입학했을 것으로 추정.

1578   문법학교를 졸업했을 것으로 추정. 졸업 무렵 부친 존은 세
        금도 내지 못하고 집을 담보로 40파운드 빚을 냄.

1579   부친 존이 아내가 상속받은 소유지와 집을 팔 정도로 가세가
        갑자기 어려워짐.

1582   18세에 부농 집안의 딸로 8년 연상인 26세의 앤 해서웨이
        Anne Hathaway와 결혼(11월 27일 결혼 허가 기록).

1583   결혼 후 6개월 만에 맏딸 수잔나Susanna 탄생(5월 26일 세례
        기록).

1585	아들 햄넷Hamnet과 딸 쥬디스Judith(이란성 쌍둥이) 탄생(2월 2일 세례 기록).
1585~1592	'행방불명 기간'lost years으로 알려진 8년간의 행방에 관한 자료가 거의 없음. 학교 선생, 변호사, 군인, 혹은 선원이 되었을 것으로 다양하게 추측. 대체로 쌍둥이 출생 이후 어떤 시점(1587년)에 식구들을 두고 런던으로 상경하여 극단에 참여, 지방과 런던에서 배우이자 극작가로서 경험을 쌓았을 것으로 추측.
1590~1594	1기(습작기): 주로 사극과 희극 집필.
1590~1591	초기 희극『베로나의 두 신사』(*The Two Gentlemen of Verona*) 『말괄량이 길들이기』(*The Taming of the Shrew*)
1591	『헨리 6세 2부』(*Henry VI, Part II*)(공저 가능성) 『헨리 6세 3부』(*Henry VI, Part III*)(공저 가능성)
1592	『헨리 6세 1부』(*Henry VI, Part I*)(토머스 내쉬Thomas Nashe 와 공저 추정) 『타이터스 앤드러니커스』(*Titus Andronicus*)(조지 필George Peele과 공동 집필/개작 추정)
1592~1593	『리처드 3세』(*Richard III*)
1592~1594	봄까지 흑사병 때문에 런던의 극장들이 폐쇄됨.
1593	「비너스와 아도니스」(*Venus and Adonis*)(시집)
1594	「루크리스의 강간」(*The Rape of Lucrece*)(시집) 두 시집 모두 자신이 직접 인쇄 작업을 담당했던 것으로 추

정되며, 사우샘프턴 백작The third Earl of Southampton에게 헌사
하는 형식.

챔벌린 극단Lord Chamberlain's Men의 배우 및 극작가, 주주로
활동.

1593~1603 및 이후 『소네트』(Sonnets)

1594   『실수 연발』(The Comedy of Errors)

1594~1595 『사랑의 헛수고』(Love's Labour's Lost)

1595~1600 2기(성장기): 낭만희극, 희극, 사극, 로마극 등 다양한 장르
           집필.

1595~1596 『로미오와 줄리엣』(Romeo and Juliet)

           『리처드 2세』(Richard II)

           『한여름 밤의 꿈』(A Midsummer Night's Dream)

           『존 왕』(King John)

1596   아들 햄넷 사망(11세, 8월 11일 매장).

           부친의 가족 문장 사용 신청을 주도하여 허락됨(10월 20일).

1596~1597 『베니스의 상인』(The Merchant of Venice)

           『헨리 4세 1부』(Henry IV, Part I)

           스트랫포드에 뉴 플레이스 저택Great House of New Place 구입
           (마을에서 두 번째로 큰 저택으로 런던 생활 후 은퇴해서 죽
           을 때까지 그곳에 기거).

1598   벤 존슨Ben Jonson의 희곡 무대에 출연.

1598~1599 『헨리 4세 2부』(Henry IV, Part II)

           『헛소동』(Much Ado About Nothing)

『헨리 5세』(*Henry V*)

1599   시어터 극장The Theatre에서 공연하던 셰익스피어의 극단이 땅
            주인의 임대계약 연장을 거부하자 '극장'을 분해하여 템즈강
            남쪽 뱅크사이드 구역으로 옮겨 글로브 극장The Globe을 짓고
            이곳에서 공연. 지분을 투자하여 극장 공동 경영자가 됨.

1599~1600   『줄리어스 시저』(*Julius Caesar*)

            『좋으실 대로』(*As You Like It*)

1601~1608   3기(원숙기): 주로 4대 비극작품이 집필, 공연된 인생의 절정기

1600~1601   『햄릿』(*Hamlet*)

            『윈저의 즐거운 아낙네들』(*The Merry Wives of Windsor*)

            『십이야』(*Twelfth Night*)

1601   「불사조와 거북」(*The Phoenix and the Turtle*)(시집)

            아버지 존 사망(9월 8일 장례).

1601~1602   『트로일러스와 크레시다』(*Troilus and Cressida*)

1603   엘리자베스 여왕 사망(3월 24일). 추밀원이 스코틀랜드의 제
            임스 6세를 잉글랜드의 제임스 1세로 선포.

            제임스 1세 런던 도착(5월 7일) 후 셰익스피어 극단 명칭이
            챔벌린 경의 극단에서 국왕의 후원을 받는 국왕 극단King's
            Men으로 격상되는 영예(5월 19일).

            제임스 1세 즉위(7월 25일).

1603~1604   『자에는 자로』(*Measure for Measure*)

            『오셀로』(*Othello*)

1605   『끝이 좋으면 모두 좋다』(*All's Well That Ends Well*)

『아테네의 타이몬』(*Timon of Athens*)(토머스 미들턴Thomas Middleton과 공동작업)

1605~1606   『리어 왕』(*King Lear*)

1606   『맥베스』(*Macbeth*)

            『안토니와 클레오파트라』(*Antony and Cleopatra*)

1607   딸 수잔나, 성공적인 내과의사인 존 홀John Hall과 결혼(6월 5일).

1607~1608   『페리클레스』(*Pericles*)(조지 윌킨스George Wilkins와 공동작업)

            『코리올레이너스』(*Coriolanus*)

1608~1613   제4기: 일련의 희비극 집필.

1608   셰익스피어 극장이 실내 극장인 블랙프라이어스Blackfriars 극
            장을 동료배우들과 함께 합자하여 임대함(8월 9일).

            어머니 메리 사망(9월 9일 장례).

1609   셰익스피어 극장이 블랙프라이어스 극장 흡수, 글로브 극장
            과 함께 두 개의 극장 소유.

1609~1610   『심벌린』(*Cymbeline*)

1610~1611   『겨울 이야기』(*The Winter's Tale*)

            『태풍』(*The Tempest*)

1611   고향 스트랫포드로 돌아가 은퇴 추정.

1613   『헨리 8세』(*Henry VIII*)(존 플레처John Fletcher와 공동작업설)

            『헨리 8세』 공연 도중 글로브 극장 화재로 전소됨(6월 29일).

1613~1614   『두 사촌 귀족』(*The Two Noble Kinsmen*)(존 플레처와 공동작업)

1614~1616   말년: 주로 고향 스트랫포드의 뉴 플레이스 저택에서 행복하

고 평온한 삶 영위.

1616   둘째 딸 쥬디스, 포도주 상인 토마스 퀴니Thomas Quiney와 결
혼(2월 10일).

쥬디스의 상속분을 퀴니가 장악하지 않도록 유언장 수정(3
월 25일).

스트랫포드에서 사망(4월 23일. 성 삼위일체 교회 내에 안장).

1623   『페리클레스』를 제외한 36편의 극작품들이 글로브 극장 시
절 동료 배우 존 헤밍John Heminge과 헨리 콘델Henry Condell이
편집한 전집 초판인 제1이절판으로 출판됨.

아내 앤 해서웨이 사망(8월 6일).

옮긴이 **조광순**趙光淳

서울대학교 사범대학에서 영어교육을, 동대학원에서 영문학을 전공한 뒤 1990년 미국의 미시간 주립대학교에서 셰익스피어에 대한 연구로 영문학박사학위를 받았다. 르네상스문학과 미술에 관한 연구를 수행하고 있다.

단독 저서로는 *Emblems in Shakespeare's Last Plays* (University Press of America, 1998)와 주해서인 『줄리어스 시저』(건국대출판부, 2005)와 역서인 『오셀로』(동인, 2009)가 있다. 현재 아주대학교에 재직하고 있다.

좋으실 대로

초판 발행일 2015년 12월 31일

옮긴이 조광순
발행인 이성모
발행처 도서출판 동인
주 소 서울시 종로구 혜화로3길 5 118호
등 록 제1-1599호
TEL   (02) 765-7145 / FAX (02) 765-7165
E-mail dongin60@chol.com
ISBN   978-89-5506-688-3
정 가 8,000원

※ 잘못 만들어진 책은 바꿔 드립니다.